KB231489

겨울과 좋아하는 코트

겨울과 좋아하는 코트

이대로 떠나면 그만이라고 생각했습니다. 부모님과 친구들, 얼굴 한번 못 보고 떠나는 게 이리 죄송한 마음일 줄 미처 몰랐습니다.

더러 과분한 찬사를 받고 감격도 했지만, 사실이 아니었기에 제대로 받아들이지 못했음을 사과드립니다. 차라리 격려와 기대만큼 질타와 고언을 받았더라면 무거워도 둘러맬 수 있는 등산용 배낭이었겠지만, 그것은 저에게 어깨를 짓누르는 무거운 가방일 뿐이었습니다. 척추측만증을 일으키는 무서운 습관. 인생 하나가 꼬인 채 비틀거리고 있었습니다. 친구들에게 건방을 떨면서 햇빛결핍증이라 놀렸지만, 밝은 빛이 두려웠던 건 정작 저였습니다. 30여 년 받아왔던 기대에 안주했고, 자만에 빠져 있었습니다.

한순간 사업에 실패하고 건강을 잃으면서, 모두들 기피하는 인물이 되었다는 느낌을 받으면서 참 많이 괴로웠습니다. 바닥까지 온 거야. 잘될 일만 남았잖아. 시덥잖은 자위는 어느새 B1 B2 B3……로 이어졌습니다. 저는 근거 없이 낙관적이고 대책 없이 미숙한 녀석일 뿐이었습니다.

사랑하는 친구들과 가족에게 처음으로 고백합니다. 갑작스레 들이닥친 나락이 너무 버거워, 홀로 정동진 바닷가에 간 적이 있었습니다. 연료계기반에는 오일등이 들어와 있었고, 평소 애증이 교차했던 친구 무쏘230이 마지막 동반자가 된다고 생각하니, 참으로 묘한 기분이 들었습니다. 그리고 미안했습니다. 누군가에게 눈물을 흘리게 한다는 것이……

무쏘와 함께 바다로 돌진하는 것으로 모든 인연과 집착에서 벗어나려는 순간, 차량 한대가 시야에 들어왔습니다. 늦은 오후 한적한 바닷가에서 그 남자와 그 여자는 누군가의 절망에 아랑곳없이 서로 부둥켜안고 키스에 탐닉하고 있었습니다. 부럽다는 생각이 스치는 순간, 뒷유리창에 놓여 있던 그 여자의 루이뷔통 SPEED가 짝퉁임을 알아보았습니다.

그때 알았습니다. 저의 삶에 대한 애착이 얼마나 강하고 집요한지…… 저는 돌아왔습니다. 다시 시작해야 했기 때문입니다. 극적으로 돌아왔지만, 상황은 전혀 나아지지 않았습니다. 진짜 공포스러운 것은 맹수의 포효가 아닙니다. 깊이를 알 수 없는 침묵의 공포…… 무서웠습니다. 무언가 해야 했지만, 무엇도 할 수 없는 날의 끄트머리에서 만난 게 블로그였습니다.

무언가 쓰는 일이 그렇게까지 위안을 주는 고마운 일인지 미처 몰랐습니다. 일기장 한권 살 돈이 없고, 만년필 카트리지 갈아끼울 돈이 없었지만, 친구 사무실에서 1천원짜리 한장으로 때우던 컵라면과 삼각김밥을 포기하면서까지 무언가를 쓰는 일이 고맙고 행복했습니다. 하루에도 몇번씩 블로그를 들락거리며 글을 쓰고, 또 쓰고, 손가락이 아프도록 키보드를 두들기는 이유였습니다. 아무것도 없는 내가 누릴 수 있는 행복……

제 블로그에 묻어 있던 우울한 그림자나 어두운 음악, 분위기에 어울리지 않는 엉뚱한 에피소드에 숨어 있던 페이소스…… 모든 걸 털어내고, 밝은 나, 재미있는 집센, 천방지축 무슈 z, 그리고 사랑에 빠진 심현종을 보여주고 싶었습니다. 진심으로.

불행은 한꺼번에 몰려드는 손님이지만, 항상 그뒤에 따르는 무언가를 놓치지 않는다면 불행, 그것을 극복할 수 있다고 믿습니다. 그걸 행복 또는 행운이라 부르지 않나 싶습니다.

많이 지치고 많이 힘들었던 저에게 다시 설레임을 가르쳐주고 위로가 되어주신 수많은 인연들에게 감사드립니다. 저를 받아준 당신(현명한 연구자들, 명랑한 모험가들, 신중한 현실파들, 낭만적인 몽상가들, 이외에도 많은 블로그 친구들)들이 너무나 고맙습니다. 행복하시길…… 누구보다도 즐거운 삶을 누리시길…… 평생을 두고 아름다운 사랑을 이뤄가시길 바라고 또 기도합니다. 글로서 이렇게 많은 친구를 갖게 되어 참 행복합니다. 그리고 책이라는 형식으로 새로운 인연들을 만날 수 있게 해주신 참솔 식구들에게도 고마운 마음을 전합니다. ^(^

겨울과 좋아하는 코트

1부

인연은
먼 길을
돌아오는
산책길
같은 것

행복에
필요한
비용은
커피 한잔
값입니다

2부

비는
맞으라고
오는
거지요

3부

1부

인연은
먼 길을
돌아오는
산책길
같은 것

뒤통수가 납작한 남자

저~ 무슈 집센은 이런 생각을 하는 사람입니다. 스물 아홉, 느지막이 찾아온 사랑을 떠나보내고, '좀더 연습이 필요했었어' 라며 치졸한 변명을 되씹어보는 사람입니다. 또 섹스보다는 키스를 백배쯤 더 좋아하는 사람입니다. '왜?' 라고 질문을 하신다면, '글쎄~ 섹스는 동물도 하는 것이지만, 키스는 사람만 하는 거라서……' 라며, 근사한 답을 찾으려 애쓰기보다 우물거리는 쪽이 마음 편한 소심한 녀석입니다.

막상 키스를 할 때면 눈도 한번 뜨지 못하는 사람입니다. '저 좀 보세요' 라는 당신의 말에 '으응, 그래' 하면서도, '뒤통수가 납작한 나를 좋아할까?' 라고 괜한 걱정이 많은 사람이기도 합니다.

마더 테레사나 간디 같은 박애주의자도 아니면서, 추운 명동거리에서 쇼핑몰 분양광고지를 나눠주는 여자들을 보면, '저 여자 춥겠다' 라고 꼭 착한 척을 하고 마는 헛똑똑이입니다. '저 여자 추운걸, 왜 오빠가 걱정해?' 라고 옆의 내 사랑이 새침해지는 걸 뻔히 알면서도……

높고 늠름한 산의 정상에 올라 야호~ 외치기보다, 그저 평평하고 야트막한 벌판을 둘레둘레 산책하고 싶은 무척 게으른 놈입니다. 발이 편하고 기능에 충실한 고어텍스 등산화를 갖고 싶어하면서도, 공장에서 신는 3만원짜리 안전화에 눈독을 들이는 단순한 사람입니다. 싸고 튼튼한 것의 미덕을 쿨하게 찬양하며.

쓸모가 거의 없어 사람들이 눈길조차 주지 않는 것에 관심이 많은 어정쩡한 사람입니다.

'스타니슬라스 오거스투스 포니아토프스키' 라는 인물! 그것도 한참 오래전 어느 폴란드 왕의 이름을 기억하는 것에 흡족한 마음이면서도, 정작 매번 거는 전화번호는 외우지 못하여 쩔쩔매는 인간입니다.

혼자 여기저기를 자유로이 떠다니는 취미를 갖고 있지만, 그렇다고 고독을 즐기는 센티멘털한 사람은 아닙니다. '그게 편해서' 라며 씨익 웃는 꽤나 싱거운 사람입니다. 게다가 승차권을 잘못 끊어놓고선, '돈이 모자라!~~' 하고 지하철역으로 사람을 불러내는 어설픈 인간이기도 합니다.

그래서 말입니다. '당신과 키스하고 싶어!' 라고 사랑에게 솔직하게 고백하지 못하고, '당신이 따뜻하고 넉넉한 겨울을 보냈으면 좋겠어' 라는 속내를 드러내지 못하며, '그대가 일상의 생활에 치이지 않는 삶을 살았으면' 하는 바람이나, '아무리 바빠도 우리가 처음 만난 날은 어제인 듯 기억해' 라거나, '당신과 함께라면 달라질거야' 라고 또렷하게 얘기하지 못하는 밋밋한 사람입니다. '그냥 보고 싶어서' 라고밖에 말하지 못하는 답답한 사람입니다. 뒤통수가 납작한 남자답게……

인연에게

손길 한번 맞닿은 적 없고
우연이라도 뺨 한번 스쳐본 적 없는데……

햇살에 가느랗게 드러나는 귓불의 분홍빛 실핏줄을 보고 싶은데
코끝에 희미한 점이라도 있는 듯 물끄러미 바라보고 싶은데……

돌아선 그 마음이 내게 웃으며
거리를 두라 밀어내니
미움이 커져버린 이 마음,
이젠 정말 끝내려 했어.

얼굴 한번 본 적이 없고
두 손 맞잡고 공원길 산책조차 다녀온 적 없지만
컴퓨터 안에서는 살 냄새가 퍼지고
모니터만 바라보아도 손을 내밀고 싶어지는데……

그저 울먹이는 목소리로
천 갈래 만 갈래로 내 결심 뿔뿔이 흩어놓으니
날더러 어찌 하라 하니

보고 싶고 보고 싶어 마음만 커져 가는데
그냥 여기서 돌아서라 말하면
나는 어찌 해야 하는 거니

절반만 들으면……

그 하나의 벨소리에 나는 웃고 또 울었다
벨소리가 울리기 시작하면 가슴이 두근거린다
혹시 그 전화일까?

마침내 전화를 걸었지만……
여보세요 말을 다 듣지 못하고 슬그머니 끊어버린다
거절의 말을 듣느니보다 행복하기 때문이다

그렇다고 주구장창 전화를 걸 수도 없다
받는 이에게 못할 짓인 까닭이다

여보세요~ 응답을 절반만 듣고 끊어버리는 건
그게 내 속내이기 때문이다
벨소리가 조금씩 잦아들 때마다
누군가에 대한 미련도 그렇게 줄어든다.

봄밤, 보름밤, 달밤

낮에 떠 있는 하얀 달을 좋아합니다
순결한 사람을 바라보는 듯한 느낌입니다
낮에 나온 반달……

몇만년이나 계속된 새삼스러울 것 하나 없는 사실이
마음에 청량감을 던져주며 동심의 세계로 인도합니다

청명하던 봄날의 어느 밤이었습니다
정확히 표현하면 봄밤, 보름밤, 그리고 달밤이었지요.
달님이 참으로 아름다웠습니다

제가 좋아하는 것들이 겹쳐 등장하던 청명하고 선선한 그 봄밤
하늘을 향하여 흔들리던 바람으로 더욱 밝게 빛나던 보름달
구름 한점 없이 맑고 부드러운 달밤이었습니다

넋을 놓고 달님을 바라보다가 문득 이런 생각이 들었습니다
태양처럼 아주 밝은 존재가 밤의 검은 장막 뒤편에 자리하고 있는데
오백원 동전만한 구멍이 장막에 뚫려 있어 그 사이로
밝은 빛이 쏟아지고 있다는 느낌!
몇날이고 몇번이고 보름의 달을 뚫어지게 쳐다보면
밤의 검은 장막 뒤편에 있는 밝은 빛을 모두 다 볼 수 있겠구나
생각도 들었습니다

제 주변에 스스로 둘러놓은 장막을 모조리 걷어내면
오해의 염려가 사라지니,
빙빙 돌려서 우물거리지 않아도 되는 그런
인연 하나 나타나지 않을까?
스스로 쳐놓은 저의 장막 때문에
지금껏 인연을 만나지 못한 것은
아닐까?

문득 그런 마음을 빌어봅니다
더도 덜도 말고 인연 하나만
말입니다.

생명이 잉태되듯 신성하고 부드러운
봄밤에
투명하게 맑은 낮달이 떠오른 날에
손잡고 여기저기 거닐며
이런저런 얘기를 나누고 싶은 그런 인연을……

그런 저의 인연이 좋아하는 사람이 되고 싶은
한데 꽤 어렵지 싶은 그런 봄밤이었습니다.

부정승차 30배

사람의 정이란 게 차라리
지하철 개찰구 같은 것이면 좋겠다

사람의 정은
무임승차하듯 걸림돌 없이 빠져들지만
뒷감당은 부정승차 30배

들어갈 때 한번 대가를 치르면
빠져나올 때는 가볍고 홀가분하게……

진실로 그랬으면 참 좋겠다

바람의 입맞춤

오늘도 나는 부치지 않을 편지를 쓴다

억만 겁의 세월이 흐른 후

부디 다음 생에는 함께하는 인연이 되어달라고……

부드러운 너의 뺨에 입맞추는 한 조각 실바람이 되고 싶다

단 한번의 입맞춤으로 산산히 흩어지는

그런 실바람이라도 좋다

너의 뺨에 입맞출 수만 있다면……

지금 슬퍼도 좋다.

너를 많이 사랑하니까

겨울과 좋아하는 코트

곰국

사골과 양지머리를 넣고 푹 고는 곰국 요리법을 배웠으면 합니다.
곰국을 끓여주고 싶은 사람이 생겼기 때문입니다

단단한 사골과 선홍빛 양지머리, 첫새벽에 길어올린 약수
신선한 대파, 먼 바다가 보내준 소금, 그리고 통후추……

다는 모르지만, 음식은 절반이 정성이라고 하니
맛있는 곰국 끓이기에 도전해 볼까 합니다.

나의 손끝에서 배어나는 첫맛,
당신에게 대접하고 싶습니다.

인연은 둘레둘레 돌아오는 산책길 같은 것

1987년의 봄, 눈부시게 밝은 햇살 속에 서 있던 그 여자아이의 얼굴이 지금도 저에게 고스란히 남아 있습니다. 그날 오후, 시내버스에서 흘러나오던 분홍 립스틱과 한 묶음으로 저장된 기억 속에는, 그 여자아이의 분홍색 스커트도 함께 들어 있습니다. 하얀 종아리를 살핏 드러내던 가느다란 스트라이프 무늬가 아직도 눈앞에 선합니다.

나랑 같이 몰래 나갈래? 하며 말을 걸어오던 그애의 입술을 저의 가슴에서 지워내는데 얼마나 많은 시간이 필요할지, 그때는 짐작조차 하지 못했습니다. 그애에게 저는 혼자 치는 도망이 엄두가 나지 않아 만만하게 선택한 같은 반의 남자애일 뿐이었는데, 저는 그걸 몰랐습니다.

저는 황순원의 소나기 같은 인연을 내심 기대했었나 봅니다. 그러다 차츰차츰 관심도 냉담도 보이지 않는 그 아이의 깍듯함에 조금씩 지쳐갔습니다.

그애를 제 마음속에서 깨끗이 지우기까지 10년하고도 4년의 시간이 더 필요했습니다. 결코 짧지 않은 그 시간을 보내면서, 저는 깨우치고 마음에 새기고 그리고 다짐했습니다. 나에게 다시 인연이 찾아온다면, 모든 것을 다 버리더라도 절대 놓치지 않으리라.

이제 서른다섯이라는 나이가 된 제 앞에, 그렇게 기다려 왔던 인연 하나가 서서히 등을 보이며 돌아서고 있다는 사실을 알게 되었습니다. 바로

제 앞에서……

아, 이런!~ 다시는 놓치지 않겠다 생각에 골몰하느라, 정작 인연이 어떤
모습인지 재빨리 알아보는 밝은 눈이 제게 없었나 봅니다. 그녀가 어떤
자세로 걸어오는지, 어떤 스타일로 찾아오는지……

드디어 인연을 만났구나 확신이 드는 순간, 그 인연은 어느새 제게 등을
보이며 떠나가고 있습니다. 홀로 걸어간다면 당장이라도 달려가 그녀를
붙잡겠지만, 그녀의 손은 누군가와 맞잡고 행복한 걸음으로, 벌써 희미
한 봄기운을 느끼는 듯 경쾌하게 뛰어가고 있습니다.

마치 같은 금형에서 나온 인형들처럼, 마주 잡은 둘의 손은 너무나 아름
답습니다. 저에게 다가왔던 그 인연의 손, 그녀와 마주잡은 손도 제가
친밀하게 지냈으면 하고 바랐던 바로 손이었습니다.

20년 만에 찾아온 인연은 20년 전의 그 인연과 어찌 그리 같은 모습인
지…… 어쩌면 제게 다가왔다 떠나간 사람이 바로 저였는지도 모르겠습
니다. 저에게 인연이란 20년을 주기로 걸어가는 아주 먼 산책길인 듯
합니다.

Love is······

사랑이란
마음 먹고 뛰어들기에는 너무 좁은 수영장이고,
마음 놓고 빠져들기에는 너무나 치명적인 수렁이다

사랑이란,
아마도······

아가미

미련과 후회, 번민과 슬픔, 외로움과 미안함에서
억지로 빠져 나오려고 애쓰지 않는 편이 좋을 듯합니다
차라리 그 속에 몸을 깊이 담그고 기도하는 것이 현명하겠습니다

그곳에서 숨쉴 수 있고
헤엄치며 살아갈 수 있도록
아가미가 생겨나게……

마르지 않을 사랑이 분명하다면……

나의 결혼 서약서

나는 사랑하는 나의 여자를 소유하고 독점하고 싶은
동물적인 본능을
완벽하게 제어할 수 있는
강렬한 이성과 의지를 뼛속 깊이 지니고

나의 여자가 나의 영원한 조언자이며
그녀의 결점을 가려주고 채워줄 수 있는 사람은
오직 나뿐이라는 사실에 대하여 자부심과 책임감을 가지며

나의 여자는 태풍을 견딜 수 있는 갈대이지만
또한 깨지기 쉬운 유리와 같음을 마음속 깊이 인식하여
단 한번의 실언이라도
그것이 여자의 가슴에 지울 수 없는 화인이 될 수 있음을 깨닫고
작은 실수조차 범하지 않을 섬세함과 성실성을 지니며

여자보다 더욱 크고 넉넉한 마음씨를 키워
태평양이 그 어떤 무엇이라도 기꺼이 받아들이듯
나의 가슴에 오대양보다 더 깊고 넓은 우주를 담아
내 소중한 여자의 존재와 삶 전체를
있는 그대로 기꺼이 감싸안을 수 있는 인격체가 되어

인생의 여하한 즐거움과 슬픔도 사랑하는 여자와 함께하며
마음속의 가장 내밀한 부분까지도 그녀와 더불어 공유하며
세상이 뒤바뀌는 그날에도 내가 의지할 수 있는
유일한 사랑임을 항상 잊지 않으며

아름답고 현명한 여자가 되어 오늘 나의 옆에 설 수 있도록 해주신
모든 분들께
가이 없는 고마움을 언제까지나 기억하며

한여름에도 결코 마르지 않는 샘이 깊은 물처럼
변함없는 사랑을 나의 여자와 함께 나눌 것입니다.

기꺼이 의자를 내주어야 할 첫사랑

조금은 슬프지만
기쁜 마음으로 자리를 비켜주어야 할 사건이 생겨나곤 합니다

알퐁스 도데의 주인공처럼 스무 살의 빛나는 청춘으로 돌아갈 수
있다는 건
내가 아닌 누군가의 일이어도 기꺼이 축복받아야 할 일입니다
나의 마음이 약간, 아니 사실은 많이 서글퍼지지만……
여태껏 가슴속 서랍 한구석에 곱게 접어두었던 첫사랑을
다시 만나는 일
그게 어디 흔한 일입니까

다시금 돌아서서 생각해보면
그 이쁜 모습을 지켜보고 축복해주는 일도
너무나 뿌듯하고 아름다운 기쁨입니다

언제나 슬프기만 한 사랑

잃어버리는 일에 익숙한 사람은
이번에는 무엇을 잃어버릴까부터 먼저 생각하게 됩니다.

부끄럽지만,
사람을 만나는 일에도 그런 걱정이 앞서게 됩니다
사랑하게 되거나 가까이 지내고 싶은 사람이 생겼을 때에는
이 고민으로 무척 분주해집니다

오직 주기만 하여도
오직 받기만 하여도
항상 슬프기만 한 것이
바로 사랑이라 여겨집니다.
자신의 몫을 살뜰히 챙기지 못하여
늘 무언가를 잃어버리는 사람에게는……

완전한 사랑을 꿈꾸는 아직 어린 시절에는
언제나 2% 부족한 갈증이 있어
항상 안타깝고 슬프기만 하지만……

로보

달이 차는 부드러운 밤이면,
바람부는 언덕에서 너를 그리며
보름달을 우러러 나는 홀로 울부짖는다.
고개를 젖혀도 흐릿한 기억에 흐르는 눈물뿐
어느덧 이 밝은 달밤에
나는 네 발로 대지를 박차는 야수가 된다.
생명이 잉태되는 이 만월의 밤,
나에게는 하현의 달이 뜬다.

블랑카, 그리운 나의 연인

블랑카, 나의 연인

눈보라가 몰아치는 이 거친 계곡에
너를 두고 나는 떠난다.
가느다란 너의 발목 얼마나 차거울까.
고개를 돌려 무리를 이끌고,
나는 깊은 산속으로 돌아가야만 한다.
싸늘한 눈바람을 얼굴로 받으면
불현듯 나의 눈에 차거운 눈물(雪水)이 흘러내린다

착한 이웃들

가슴이 저절로 따뜻해지는 사람

나누고 싶은 넉넉한 마음을 주는 사람

다가서고 싶은 매력을 지닌 사람

라면 한 가닥이라도 함께 훌훌대며 먹고 싶은 사람

마음을 열어 보여주고 싶은 사람

바라만 보아도 좋은 사람

사이가 더 친밀해지고 싶은 사람

아름다운 마음씨를 지닌 친절한 사람

자신감 있으면서도 겸손한 태도가 보기 좋은 사람

차를 나누어 타고, 세상 끝까지라도 함께 가줄 수 있는 사람

카메라가 없어도 마음에 담아 두고두고 꺼내볼 수 있는 사람

타자기처럼 후진 나를 최신형 PC보다 귀히 여겨주는 사람

파도처럼 몰려오는 세파 속에서 두 손을 꼭 잡아주는 사람

하얀 눈처럼, 소금처럼 깨끗한 영혼을 지닌 사람

한자처럼 하나하나의 행동에도 속 깊은 뜻을 담고 있는 사람

알파벳으로 단어 하나하나의 의미를 찾아가듯 이해의 기쁨을 주는 사람

숫자로 계산할 수 없는 인간의 품위와 감동을 느끼게 해주는 사람

……………

멀리 흐르는 강물처럼,
인생에는 물 위에서 보이지 않는 감추어진 깊이가 있구나!
가슴 서늘한 깨달음을 주는 사람이 되길 바랍니다.
제가 되고 싶으며, 제게 다가와 주었으면 하는
우리 이웃의 모습이 그것이거든요.

힘들고 외로울 때,
누군가 뜻 없이도 만나고 싶은 사람이 될 수 있다면
그것만으로도 충분히 행복한 아름다운 사람이겠지요.

이틀 간의 사랑

제 기억이 정확하다면, 지각이라고 불리는 지구의 껍데기 밑에 맨틀이라는 부분이 있습니다. 이 맨틀이라는 녀석에게 흥미를 느꼈던 것은, 고체이면서 액체이기도 한 그 녀석의 성질 때문입니다. 맨틀은 아주 긴 시간에 걸쳐서 일어나는 압력에 대해서는 액체의 성질을 보이면서, 짧은 시간의 급격한 압력에 대해서는 고체로 반응한다고 합니다.

서른을 넘긴 인생이라면 누구나 갖게 마련인 삶의 흔적들이 제게도 있습니다. 웃을 때 살짝 치켜 올라가는 입꼬리에 반했던 기억이라든가, 나의 눈을 빤히 쳐다보는 맑은 갈색 눈동자에 무릎이 풀렸던 느낌, 그리고 뭔가를 선택해야만 하는 순간에 오직 순수하다고 믿어왔던 사랑의 감정이 이해타산의 뒷편으로 밀리던 씁쓸한 순간의 추억들 말입니다.

시간의 두께가 쌓이면서, 머리가 조금씩 굵어가면서, 사람들은 무척이나 현명해집니다. 한번, 두번…… 애정이라는 감정의 파국을 겪게 되면, 표면을 단단하게 무장하곤 합니다. 그리고 그 위에 무언가를 차곡차곡 쌓아갑니다. 지난번의 사랑이 짙으면 짙을수록, 깊으면 깊을수록, 더 깊숙이 파일을 박아 튼튼한 건물을 올리려고 합니다. 이번에는 상처받지 않을 거야 하고 말입니다. 강도 6의 지진에서도 무너지지 않는다는 내진설계의 빌딩을 짓듯이……

비로소 그 위에, 우리는 먹고 살아가는 일들로 도로포장을 하고, 토지를 구획해 주택을 짓고 오피스텔을 올립니다. 감정이라는 대지 위에 말입니다. 수많은 경험을 하고 세월이 더 길게 지나갈수록, 그 대지는 다져지고 견고해집니다. 나이를 먹어갈수록 더욱 안정적이고 예측가능한 삶을 기대하게 되듯 말입니다.

땅속 저 깊은 곳에서 지각의 균형을 맞추려는 움직임을 두고, 하늘을 원망하는 일은 부질없는 짓일 수도, 생뚱맞은 짓일 수도 있다는 생각이 듭니다. 인위적으로 고가도로를 세우고 높은 건물을 올린 일은 그저 인간의 욕심이었으니, 대지가 스스로 균형을 맞추기 위하여 때로 지진이라는 격렬하고 급작스러운 움직임을 보인다고 해서, 하늘을 탓해야 할 일은 아닐 것이라는 생각이 듭니다.

그럼에도 불구하고, 마른하늘에 날벼락이 치듯, 고요히 잠자던 대지가 둘로 갈라지듯…… 어느 날 예고 없이 문득 찾아오는 이 감정에는 속수무책입니다. 이미 눈치채셨겠지만, 저는 온갖 쓰잘데없는 고민이 많은 사람이고, 가진 것을 모두 다 날려버린 하자 많은 인생입니다.

삼십대 중반에 들어선 제게 사랑의 감정이란 급격하게 부딪히는 고체의 맨틀 같은 것인지 모르겠습니다. 아무런 준비가 되어 있지 않으니, 이 사랑이 올바르고 선한 것이라면, 아주 서서히 다가와 스며들게 되는 액체의 맨틀이길 바랄 뿐입니다. 이렇게 이틀 동안 저는 사랑에 빠져 있었습니다.

혹 술이라도 한잔하게 된다면

이런 약속을 하나 합시다.
술을 잘 마시는 사람이나 그렇지 않은 사람이나 모두 말입니다.
마시지 않는 사람들은
술을 좋아하는 사람들이 억지로 술을 권할 것이라고 미리 선 긋지 말기.

아, 이런 약속도 하나 했으면 합니다.
잘 마시는 사람들은
마시지 않는 사람들이 나를 무시하는 것이라고 미리 선 긋지 말기.

단지 알코올이 주는 사람냄새의 진솔한 분위기를 좋아하고
그렇게 단순하고 착한 인간에게 끌려서
술 한잔하는 것이라고 약속합시다.

이제 함께 두런두런 술을 마실 준비가 된 것 같습니다.
술김에도 혹은 맨 정신에도 약속을 지킨다면 말입니다.

난감해라, 첫사랑의 기억

서로가 첫사랑을 추억하게 되더라도
서로 흔들지 말고
가슴에 돌을 던지지도 말고
지켜보지도 마십시오.

어느 날 그분과의 일로 속이 상하거나
얄팍한 지갑이 못내 버겁더라도
흔들지도 말고
돌을 던지지도 말고
지켜보았다는 말씀도 하지 마시길……

꼭 그리 하셔야 합니다.

사랑을 바람이라 부른다면

서울에서 파리로 날아가는데 13시간 정도 걸립니다
한데 파리에서 서울로 돌아올 때는 11시간 정도 걸리지요
바람 때문이라고 합니다
항상 서쪽에서 부는 바람, 우리는 편서풍이라고 배웠지요.

우리 사는 이 세상에는 참으로 많은 바람이 있습니다
모두 자기 마음대로 부르죠.
무역풍, 편서풍, 허리케인, 봄바람, 하늬바람, 사이클론……

몹시 차가운 바람도 있습니다
보라, 미스트랄, 블리자드……
눈보라를 동반하는 블리자드는 어찌나 강한지 가끔 정전기가 발생하고
바람 맞은 사람이 새카맣게 타 죽기도 한답니다
잔인한 바람이지요

사랑을 바람이라 부른다면 참 재미있겠습니다
내 사랑은 무역풍이나 편서풍 같은 항상풍일까?
기압차로 생기는 단순한 바람일까?
철 따라 달리 부는 계절풍일까?
블리자드, 윌리윌리?

수많은 바람 중에서 가장 무섭고 매서운 바람은
마음에 부는 바람 입니다
사이클론 타이푼 허리케인 윌리윌리라고 부르는 열대성 저기압보다
더 크고 모진 바람~~

이런 싱거운 생각에 빠진 걸 보니
역시 저는 바람기가 많은 사람인가 봅니다 ^(^

치르치르, 미치르 그리고 파랑새

어딘가를 향하여
무슨 이유에서든
누구나 길을 가지만

가끔 발길을 되돌리는 것도
그리 나쁜 일만은 아니다

놓치고 지나간 인연을 다시 만난다면 말이다

생각해보면
긴긴 삶에서
소중한 인연은 파랑새 같다

간혹, 아주 간혹

가능성이 거의 없는 전화를
가끔, 아주 가끔
자신도 모르게
무심결에 기다리다가 소스라치게 놀랄 때……
쓸쓸하지만은 않다

지금
누군가를 사랑하고 있는 까닭이다

서로 비교가 되더라도

운명적으로 인연을 만나게 되는 행운아가 아니라면
버스가 여러 정류장을 거치듯
우리도 여러 사람을 만나게 된다
이런 사람 저런 사람 그런 사람

이 사람 저 사람 그 사람 비교도 한다

하지만 나의 마음이 진심일까
자신을 의심할 필요는 없다
한 나무에 맺히는 열매라도 모두 같지는 않으니까

서로 비교하는 시간에
한번 더 사랑하는 게 낫다, 더욱더

너무 닮아서 가까워질 수 없는 인연

너무나 비슷한 성격이어서
꼭 같은 모양과 부피의 아픔을 갖고 있어서……

절대로 가까워질 수 없는 인연이 있을까요?
자석의 N극과 N극처럼
S극과 S극처럼

인연을 담는 그릇

누구에게나
인연 하나를 담을 수 있는 그릇이
가슴속에 있다

이가 빠진 그릇이나
금이 간 그릇은
소중한 사람에게 내오지 않는 법이다

죽

사람의 마음이란 끓기 시작하는 죽과 같습니다
일단 끓기 시작하면
가스불을 꺼도 바닥에 내려놓아도
좀처럼 끓기를 멈추지 않는
그래서 겉만 보고 먹었다가 입천장에 화상입는
뜨거운 죽 말입니다

오늘, 누군가를 향하여 분노가 치밀어 오르거나
눈에 번쩍 불이 나는 인연을 만날지도 모릅니다
그리고 나는 지금 냉정해, 마음이 차분해 생각하겠지요

냉정하고 차분한 평상심처럼 보일지라도
나의 속은 여전히 뜨거운 죽과 같은지 모릅니다

지금 뜨겁다는 것……
그게 전부는 아닙니다

볼펜보다 만년필 자국 같아라

볼펜으로 무언가를 한참 적어가다가 깜짝 놀랄 때가 생기곤 합니다
종이 뒷면에 선명한 글씨 자국이 배겨 있기 때문입니다.
평소 눌러 쓰는 버릇 때문이긴 합니다만
사랑도 이렇게 나누게 되는 것은 아닐까
섬뜩한 느낌이 들곤 합니다.

섹스도 사랑의 커뮤니케이션인만큼 혼자 얘기하고, 혼자 들뜨는 것처럼
우울한 경험이 아니었으면 합니다. 종이 위를 눌러야 잉크가 묻히는
볼펜보다 은근히 퍼지는 맛이 일품인 만년필을 더 좋아하는 까닭도
그런 이유에서입니다

사랑하는 그 사람에게 나의 마음이 만년필 잉크처럼 스며들기를……
아무런 흔적이 남지 않고 오직 깨끗하게 잊혀지는 사랑을 말하라면,
그것은 도저히 풀 수 없는 난제와 같습니다.

사랑을 나누었다면, 몸에든 마음에든 어디엔가 자국이 남아야지
싶습니다. 시간이 흘러가면 지워져버린다 해도…… 누군가의 펜 자국이
나의 어디엔가 묻어 있지 않나 가끔씩 돌아보게 됩니다.

웨이터 탁부장

제가 소박하게 희망하는 것은
말없이 소주 한잔을 기울일 수 있는 친구일지 모릅니다.
제 잔이 비었던, 그의 잔이 비었던 상관하지 않는
제가 한 병을 비울 동안 여전히 한잔을 홀짝거려도 겸연쩍어 하지 않고
안주발을 세우든 말든 신경쓰지 않는
그런 친구 말입니다.

감정을 오버하는 친구들보다, 차라리 탁부장이 더 친구다울지 모르겠습
니다. 그는 계산하겠다고 해도 매번 외상을 권하는 특이한 양반입니다.
이제 한번쯤 살 만하지 않느냐고 투덜거려도 히히히 정겹게 웃는 사람
입니다. 그러고보니, 그날 이후로, 사업에 실패하고 낙담에 빠져 있던
저에게, 그저 잘 될 거야라는 덕담 이외에, 말없이 술 한잔을 사주었던
유일한 사람이었습니다.

나이로 보면 큰형님쯤 되겠지만,
그는 무척 성실하고, 적당히 셈도 밝은 사람입니다.
날이 밝으면, 탁부장 전화번호부터 찾아보아야 하겠습니다.

그에게 저는 1/n 손님일지 모르지만,
저에게 그는 친구이고 또 친구입니다.
많이 배우지 못했어도 침착하고 냉정할 줄 알며,
뜬금없는 허황을 견제해주기도 하는 친구……
내 친구 웨이터 탁부장이 보고 싶습니다.

술집 화수분

영화를 보러가거나, 여행을 떠나거나, 밥을 먹으러 가거나, 술을 마시러 갈 때에도, 저는 항상 혼자입니다. 곰곰이 생각해보면, 다른 종류의 일상생활에서도 마찬가지인 듯합니다.

그 까닭을 두고, 스무 살 남짓 무렵에는 고독을 즐기는가? 하는 질문을 받았고, 군대에서 제대한 후에는 곧 함께할 인연이 생길테니 초조해 하지 말라는 선배의 위로를 받기도 했습니다.

왜 혼자 마시는가? 라는 질문에 선뜻 적절한 대답이 떠오르지 않는 경우가 간혹 있습니다. 거창한 감정이나 비통한 심사를 안고 혼자 술을 마시는 것이 아니기 때문입니다. 그런 날은 차라리 술을 마시지 않습니다. 그냥, 그냥, 혼자 마시는 것이 편해서입니다.

어울려 마시는 술자리가 드문 탓에, 남의 주사 때문에 얼굴을 찌푸렸던 기억은 별로 없습니다. 취하면 안 되는데 하는 마음이 들면 마시질 않습니다. 술 마시는데 무슨 정신력까지 필요해야 하는지, 그렇게 부담스러운 술자리는 차라리 없느니만 못하지 싶습니다.

언젠가 기회가 되면, 인터넷 친구들과 어울려 술을 한잔 하고 싶습니다. 감정이나 목소리 또는 몸짓 따위를 과장하지 않는다면, 저는 어떤 술자리든 마다하지 않습니다. 그저 넉넉한 술국만 있으면 말입니다. 좀더 욕심을 부리자면, 인심이 후한 주인이 있었으면 좋겠습니다. 술국이 차게 식어가거나, 국물이 떨어질 무렵에는, 모르는 척 데워주고, 국물과 머릿고기 몇점 슬쩍 얹어준다면 더 바랄 나위가 없겠습니다.

띄엄띄엄 청커니…… 권커니…… 무엇을 더 바라겠습니까? 정 마실 사람이 없으면, 나뭇가지라도 꺾어놓고 셈하며 마시지요.

참, 술국이 맛있는 술집의 이름은 화수분이 좋겠습니다.

멋지게 헤어지기

헤어지는 일은 언제나 어렵습니다. 이별의 아쉬움이야 어느 누군인들 다르겠습니까. 흔한 말처럼 쿠~ㄹ하게 헤어질 수 있었으면 좋겠습니다. 그에게 다시 만나고픈 사람으로 남고 싶어서이지요. 그래서 더욱 멋지게 헤어질 수 있기를 원하게 됩니다.

헤어지기가 그리도 어려운 일이라, 처음부터 만나지 않는다면 이별 또한 없을 터입니다. 그래서 저는 세상을 향하여 아주 조금만 창을 열어놓고 있습니다.

그때 저는 아름다움에 무너지고 있었습니다. 모른 척 지나가기에는 너무나 아름다운 세상의 인연을 몇번이고 막아낼 수는 없었습니다. 그때 깨달았죠. 멋지게 헤어져야 한다는 사실을……

스쳐가는 인연일지라도 다시는 외면당하지 않기를 아프도록 바랍니다. 그저 스쳐갈 뿐인 인연이어도 저에게는 이리 오래 남아서……

떠나는 그대에게

다시는 돌아오지 않을 것 같은 이 불길한 예감,
이제 그대를 볼 수 없다는 것이 운명일까?
잠못 이루던 번민과 수많은 다짐이
아무런 도움도 되지 않았음을 느낀다
뇌리를 에는 지금의 아픔인들 무슨 소용이 될까
떠나는 그대가 보이지 않을 그곳,
그 먼 발치에 그대를 두고서……

이제 우리는 서로 다른 길을 가야 한다
한때 '너와 나' 였을 뿐
어느 한순간도 '우리' 가 아니었음을
그렇게 나는 너와 나를 원망했었다

이제 나는 나의 길을 가련다
그대 아닌 다른 사람
나를 위해서……

한 순간도 울며 뛰어와 품에 안길 너를 그리지만
무표정하게 뒤돌아 서는 그대가 나의 현실임에랴

사랑하였으므로 진정 행복하였다

: 내가 날 위로해주는 체조

고단하고 외로운 여러분에게 좋은 친구가 되어줄 체조를 소개해 드리겠습니다.
겨울이라 움츠리고, 우울하다고 구부렸던 분들이 갑자기 움직이면 몸에 무리가 갈
수 있으니, 먼저 예비동작부터 해보겠습니다.

예비동작

1. 편안하게 서서, 정면을 바라봅니다.

2. 양팔을 옆으로 벌린 다음, 앞에서 X자로 엇갈리게 4~5회 움직여
봅니다.

본동작

1. 양팔을 쫘~악 하고 힘껏 옆으로 벌립니다.

2. 오른팔을 힘껏 뻗어 왼쪽 겨드랑이 밑 갈비뼈 부분에 척 붙입니다.

3. 반대로 왼팔을 뻗어 오른쪽 겨드랑이 밑에 착 붙입니다.

4. 이제 이 체조의 하이라이트에 들어갑니다.
   열 손가락을 활짝 벌려 힘껏 펴서 손에 잡히는 부분을 쓰다듬어 주세요.
   살집이 잡히더라도 그냥 그대로 해주세요.

"힘들지? 난 네가 세상 누구보다도 행복하길 바래. 혼자라고 생각하지 마. 언제나 내가 곁에 있으니까…… 외로워하지 마, 나는 너를 사랑해~"

사는 일이 괴롭거나 자신감이 사라질 때면, 저는 가끔씩 이렇게 체조합니다. ^^

이상, 내가 날 위로해주는 체조 시간이었습니다~
보탬 : 외로운 친구들에게 바치는 체조였습니다.

2부

행복에
필요한
비용은
커피 한잔
값입니다

액자 속의 사랑을 떠나보내고

바람이 몹시 부는 어느 날이었습니다. 왠지 그날은 만원 지하철 속에서도 제 몸 하나 제대로 건사해야겠다는 생각이 들질 않았습니다. 어깨에 달려 있던 가방은 바닥에 떨어졌고, 사람들 틈바구니에서 마치 연체동물인 듯 휘어져 있었습니다. 화물칸에 실린 짐짝보다 더 찌그러진 모습이었지요.

순간 지하철 반대편 플랫폼에서 어디선가 낯익은 모습 하나가 눈에 들어왔습니다. 어느새 심장이 열 일곱여덟 때처럼 쿵쾅거리기 시작했습니다. 그녀일지 모르기 때문이었습니다.

그러나 우연히 들어선 골목길에서도 마주칠 수 있는 것이 사랑이라면, 그것은 영화나 소설 속에서나 존재하는 스토리인가 봅니다. 반대편 플랫폼의 그녀는 '그녀'가 아니었습니다. 한데, 이 무슨 당황스러운 일입니까. 쿵쾅거리는 가슴이 멎지를 않는 것입니다.

모두 퇴근해버린 텅 빈 사무실에서 그렇게 한참을, 마치 제 몸뚱이와 의자가 같은 금형에서 찍혀 나오기라도 한 듯, 잠시의 여유도 주지 않고 의자에 엉덩이를 붙이고 있었습니다. 불야성을 이루던 명동의 불빛도 하나 둘 꺼져 갔지만…… 그렇게 열 몇 시간 동안을 같은 자세로 있었습니다. 여태껏 제 심장을 이토록 집요하게 뛰도록 만드는 것이 무엇인지 혼란스러웠기 때문입니다.

'아직도 기다리고 있구나! 여태 잊은 게 아니었어.' 이런 친절한 설명이 없어도, 그걸 짐작할 수 있을 정도의 사리분별은 있었습니다. 그런데 별 상관이 없는 다른 사람을 보고, 왜 이놈의 심장이 주체할 수 없을 정도로 쿵쾅거리는 것인지, 도대체 무슨 까닭인지……

그때 제가 믿어 의심치 않았던 소위 '사랑'이라는 것이 '집착'의 다른 이름이었다는데 생각이 미쳤습니다. "저 사람 좀 보세요. 벌써 몇년째 그녀를 기다리고 있답니다. 변함없이 말예요." 저에게 필요했던 것은 타인의 이런 시선 내지 인정이었을지 모른다는 자각이 들었습니다.

오늘 저는 무라카미 하루키와 사랑을 말하는 친구에게 한껏 잘난 척을 했더랬습니다. "그건 액자 속에 들어 있는 전시용 사랑일거야" 하고 말입니다. 그동안 제 마음속에 담아두고 있던 사랑의 이미지가, 결국 그녀가 아니라는 사실을 그날에서야 인정할 수 있게 되었습니다. 제게 그녀가 필요했던 것이 아니었습니다. 사랑이 필요했던 것입니다. 액자에 담겨질 사랑…… 그러니까 저는 서른이 넘도록 사랑을 제대로 해보지 못했었나 봅니다.

문득 구두바닥에 들러붙어 있는 하얀 휴지조각이 눈에 들어왔습니다. 누군가 코를 풀고 아무데나 버린 모양입니다. 저는 이 나라의 공중도덕 수준을 운운했었지만…… 혹시 또 모르는 일입니다. 누군가 떠나가는 사랑이 슬퍼서 가슴 아프게 흘린 눈물 콧물 바람을 닦은 휴지인지도.

연탄재 함부로 차지 말라고 어떤 시인이 저를 꾸짖었지만, 막상 저는 구두에 밟힌 휴지조각 하나도 함부로 하지 못했습니다. 사랑에는 아직도 새가슴인가 봅니다.

시냇물이 졸졸 흐르는 까닭

어떤 유치원에서 시냇가로 소풍을 갔었답니다.
한 아이가 선생님께 물었습니다.
"선생님, 왜 시냇물은 소리를 내며 흘러가요?"
아이의 질문에 선생님은 시냇물에 귀를 기울였습니다.
정말 시냇물은 졸졸 정겨운 소리를 내며
흘러가고 있었습니다.

소풍에서 돌아온 선생님은 이 책 저 책을 들춰가며
그 이유를 알아냈습니다.
시냇물이 소리를 내며 흐르는 것은
물 속에 돌멩이가 있기 때문이었습니다.
울퉁불퉁한 돌멩이가 여기저기 흩어져 있어 아름다운 소리를 내듯,
우리의 인생도 비슷합니다.
착하고 성숙한 인격이란 고난의 돌멩이를 품은 사람에게만 주어지는
선물이 아닐까 합니다.

내 인생은 왜 이리 억울할까, 모든 것 다 내려놓고 싶어 하는 생각이
때로 들지도 모르겠습니다. 하지만 인생이라는 길 위에 구르는
돌멩이를 속깊게 바라보는 우리네 삶이 된다면 참 좋겠습니다.

어설프게 누구를 감동시키려거나 할 생각은 추호도 없습니다.
흥, 잘난 척하는군 하고 샐쭉거려도 그것을 마음에 아파할 힘조차
없을 때도 있으니 말입니다. 참으로 다행인 것은 우리 인생이
맑은 소리를 낼 수 있도록 끊임없이 조약돌을 두드리는 구루 같은
반가운 목소리가 있다는 사실입니다.

정말 다행이지 않습니까?
누군가 제 인생을 두고 요란한 빈 수레의 소음이었다고
기억하지 않는다면, 그것은 오직 이 고통스런
시간이 돌멩이를 곱게 품어준 것이니까요.

율마

조그만 화분 하나를 샀습니다.
여태 이름을 모르고 있었는데…… 오늘 율마라고 하네요
시간 날 때마다, 휴식 겸하여 가는
홍대앞 시립도서관 골목의 한 꽃집에서 샀습니다
3천원이었는데…… 오래 망설이지 않고 쉽게 샀습니다.

3천원이면 동가식 서가숙하던 그때
거의 보름치 식비와 맞먹는 어마어마한 돈이었습니다
왜인고 하니 미니 초코바 두 개로
하루의 끼니를 해결해야 했었기 때문입니다
얼핏 과장 같지만, 그때 실제로 그랬습니다.

아무리 궁리를 하고 머리를 짜내어도
평생 그 상황에서 벗어날 수 없다는 결론뿐이었습니다
그런데 끝이 보이지 않던 그 길고 지루하던 터널이……

이제 끝이 보입니다
슬그머니 불안해집니다. 솔직히 걱정도 많이 됩니다
감당 못할 어려움이 또 들이닥치지나 않을까
나 이제 행복해져도 되는 건가……
사랑 같은 거 해도 괜찮은가.

게다가 좀 슬프긴 하지만, id만 보아도 가슴이 두근거리던
인연도 만났으니…… 더 이상 바랄 게 없습니다.

힘들어하는 많은 분들께 죄송하지만
3천원을 들여 율마를 살 수 있는 저는
지금 많이 행복합니다.

불합리한 행복

지하철 자판기에
카푸치노라는 새로운 커피가 등장했습니다
요즘은 부자가 되어서 4백원을 넣고 고급 커피를 마시곤 했습니다
결코 고급스럽지 않지만
그게 기분이지요

이 카푸치노가 제법 맛있습니다
거품이~ 있는 둥 마는 둥
그래도 제법 향이 좋고 맛도 괜찮습니다
게다가 3백원 일반 커피입니다

불합리하지 않습니까?
이 맛있는 행복을 겨우 3백원에 살 수 있다니요?
더구나 아무나……

인생은 불합리의 연속이라지만
가끔은 이런 맛에 사는 것 아닐까 싶습니다.

순간의 행복

마음을 다하여 간절히 외쳐본다
행복하고 싶다고,
그게 24시간 내내 지속되길 바란다고……

아, 과하다
나의 욕심이 엄청 욕심 사납군
짧고 순해도 괜찮다.

어쨌든
이 순간 행복하니까……

행복에 필요한 비용은 커피 한잔 값입니다

그날, 뉴욕의 무너지는 쌍둥이 빌딩을 보면서, 뭔가 불길한 예감을 받은 이후, 지금까지 항상 돈이란 무엇일까 고민을 끌어안고 살았습니다. 얼마의 돈이 있으면 나의 삶이 만족감을 느낄까 하고 말입니다. 스스로 불행하다고 여겨온 까닭이 아마 그것이었을 겁니다. 보통보다 약간 어긋난 삶 때문이죠.

홍대 앞 시립도서관 자판기 앞에서 잠시 머뭇거렸습니다. 슬그머니 주머니에 손을 넣어보니 서너 개의 동전이 잡혔습니다. 슬며시 기분이 좋아졌습니다. 두 잔 정도 빼먹을 동전이 아직까지 남아 있는 게 고마웠지요. 예전과 달리 자판기 특유의 찐득한 커피 내음에도 음, 좋군!이라고 느낀 것은 갑자기 들이친 빈곤, 순전히 그 때문이었을 겁니다.

화가 불쑥 치밀었습니다. 빈 컵으로 나오다니, 동전만 삼키고…… 커다란 분노가 일었습니다. 어째 볼썽 사납지 않은가요? 자판기에 살의를 느끼다니. 단순히 네모진 기능 상자에 그런 강력한 감정을 갖는다는 게 한숨이 나왔습니다. 편안하게 생각하자. 언제나 오작동이란 있을 수 있잖아. 빈 컵은 내 불운 탓이 아니야. 그렇게 마음을 가다듬었습니다. 하늘이 무너져도 솟아날 구멍이 있는 법, 제게는 아직 동전이 남아 있었습니다. 그렇담 이제 두 배로 즐겨야지.

그런데 이게 웬 일? 이번에는 커피가 계속 쏟아져나오는 것이었습니다. 다행히 좀전의 빈 컵을 버리지 않고 있었습니다. 두 컵 가득 커피를 받아들고, 저는 만족한 웃음을 짓지 않을 수 없었습니다. 그 순간 꽤나 행복했기 때문이지요.

비참한 기분에서 곧바로 행복을 느끼기까지 필요했던 것은 오직 커피 한잔 값이었습니다. 그걸, 그런 단순한 걸 왜 이제서야 깨달았을까요. 동전 몇닢에도 우리는 행복해질 수 있다는 것을……

젊은 날의 착한 스미골

누구에게나 떠오르는
젊은 날의 선명한 이미지가 있습니다.
특히 내면의 모습이겠지요.
내 안의 선악과를 두고 언제나 갈등하던……

순하고 착한 젊은 날이
지금 행복하지 못한 이유가 될지도 모릅니다.
오늘 행복하지 못해서 슬퍼.
이렇게 말하지 마십시오.

그렇담 인간은
삶이 다하도록
영원히 행복할 수 없을지도 모릅니다.

Nobody Knows it but me

함박눈처럼 조용하게 제가 얼마나 당신을 기다리고 있는지
아무도 몰라요

눈부시게 좋은 하루가 온전히 당신 것이 되기를 얼마나 기원하는지……

당신을 알게 되어 정말 기뻐요 라고 얼마나 자주
혼잣말로 되뇌이는지 아무도 몰라요
나밖에는.

당신이 나에게서 멀어질까봐 얼마나 조바심 하는지

당신이 토라질까봐 손가락도 비스듬히 내밀지 못하는 나를 몰라요

그렇지만 다른 사람들처럼
당신 앞에서 얼마나 뽐내고 싶은지 아무도 몰라요
나밖에는.

이제 네 번 만난 당신이 얼마나 보고 싶은지

당신이 혹시라도 멀리 떠난다면 얼마나 그리워하게 될지

곁에서 바라보는 지금 이 시간에도
당신이 얼마나 그리운지 아무도 몰라요
정말 아무도 몰라요.
나밖에는

그냥 당신이 좋아요
바랄 것도 해줄 것도 없는 내가 말예요.

기다림

아메리카 인디언들은
말을 타고 달리다
이따금씩 말에서 내려
자신이 달려온 방향으로 고개를 돌리곤 한다
한참을 말없이 바라보고선
다시 말에 올라 힘차게 달린다고 한다.

지친 말을 쉬게 하려는 배려가 아니고,
고단한 자신이 쉬려는 휴식도 아니라네

혹여 너무 빨리 달려
자신의 영혼이 미처 뒤좇아오지 못했을까봐
자신의 영혼이 달려올 때까지 기다리는 법이라고……

한참을 기다려 저기 영혼의 숨소리가 고르게 잦아들면
오, 완벽한 동거!
드디어 말고삐를 죄어 바투 잡는다.

인디언의 피가 흐르지 않는 나의 몸에는
영혼과 하나되어 쉬어갈 방이 따로 있는가.
우리는
영혼과 하나되어 데불고 살아가는가.

내 욕심의 maximum

더도 말고 덜도 말고,
딱 집 한 채 짓고 작은 텃밭 하나 가꿀 수 있는
아주 작은 섬을 갖고 싶습니다.

누군가 곁에 있어준다면 참 고맙겠지만
언감생심 거기까지는 바라지 않습니다.

또 하나 있습니다.
오뉴월 장마에 떠내려가듯,
누군가의 기억에서 버려지는 사람이었으면 합니다.
미련을 남기지 않고 흔적도 없이 깨끗하게 말입니다.

그러고 보니 욕심이 없다는 큰소리가
순전히 흰소리인 듯싶습니다.
그게 어째 저라는 인간입니다

수리수리 마하수리~ 얍! 행복해져라

저 많은 사람 중에 나는 행복합니다 하고 자신있게 말할 수 있는 이가 몇 명이나 될까 싶습니다. 종류와 정도의 차이가 있겠지만, 땅 위에 사는 모든 사람은 '이러이러한 것이 저러저러한 조건으로 충족된다면, 나는 정말 행복해질 거야' 하는 나름의 기준이 있을 거라고 생각해봅니다.

만약 사람이 돈으로 행복해질 수 있다면, 10만원보다는 1억원이 더 큰 행복감을 줄 것이고, 외모로 행복해질 수 있다면, 성형외과 의사의 가족에겐 애초부터 불행이란 없을 듯싶습니다. 하지만 이런 속된 기준은 언제나 진한 호소력을 주지 못하는 듯싶습니다. 물론 인간은 속되지만, 그 이상의 무엇이 있는 존재이기 때문이지 싶습니다.

행복에 대하여 포괄적인 공식 같은 것을 만들어보고 싶습니다. 불가에서 108가지 번뇌 속에 인간의 모든 근심 걱정이 들어 있다고 말씀하시는 것처럼, 일반성을 띠면서도 특정한 감성에 부딪히지 않는 그런 보편타당한 행복공식을 만들어보고 싶은 겁니다.

자~ 여러분, 이렇게 하면 행복해질 수 있습니다 하고 당당하게 권유할 수 있는 공식 말입니다.
어느 날, 행복의 공식 대신에 행복 주문을 만들어본 적이 있습니다.
그것을 만들어놓고 혼자 무릎을 치면서, 그래 이거야~ 하며 즐거워했던 기억이 떠오릅니다.

수리수리 마하수리~ 얍! 불행해져라

행복해지기 위해서는 오히려 불행해지길 바라라는 역설입니다. 무슨 헛소리야? 핀잔하실 분이 분명 있으실 겁니다. 헛소리라고 나무라지 마시고, 한번 생각해보십시다. 불행을 기원하여 뜻대로 불행해진다면, 희망한 대로 되었으니 다행이지 않습니까? 그리고 뜻한 바대로 되지 않았다면, 그것 역시 행복한 일 아닙니까? 사람에게 제 발로 찾아온 행복을 두고 어찌 불행하다고 말하겠습니까?

아직도 흰소리 하지 마세요 하고 싶으시다면, 당신은 아직 불행에 빠져보지 않은 사람입니다. 진실로 불행하다면, 어떤 행복했던 기억이나 바람도 떠오르지 않을 테니까요. 저에게 궤변론자라고 비난하셔도 괜찮지만, 행복해지기 위하여 고민만 하지 마시고, 구루 같은 스승을 멀리서 찾지 마시고, 로또 몇장에 마음 빼앗기지 마십시오.

하늘이 맑은 어느 날, 옆에 있는 좋은 사람이랑 김밥 몇줄과 과일 몇알을 싸들고, 간지러운 햇살과 거친 북풍을 물리친 부드러운 바람을 맞이하러 자연으로 나가시기 바랍니다. 두 손을 꼬옥 잡고서…… 그게 행복 아니겠습니까?

마음에 두고 있는 사람이 있다면, 지금 당장 전화라도 걸어보세요. 아니면 메일을 보내세요. 실은 당신을 많이 생각하고 있어요 하고 고백해보셨으면 합니다.

맛있는 레몬차를 위한 레시피

step 1

1. 준비물은 레몬과 꿀뿐입니다.

2. 레몬을 깨끗하게 씻는다고 나쁠 것이 없겠지요? ^(^

3. 잘 씻은 레몬 1개를 1mm 정도의 두께로 얇게 씁니다.

4. 500cc 정도 분량의 물을 주전자에 부은 다음, 잘라 놓은 레몬을 넣고 불에 올립니다.

5. 물이 끓고 시간이 좀 지나, 수증기에서 싸~한 레몬 향기가 날 때쯤이면 거의 다 된 것입니다.
향이 퍼지기 시작하면 애국가를 4절까지 부른 후 불을 내리세요. 대충 그 정도가 좋습니다.

6. 유리컵이 뜨거운 물에 깨지지 않도록, 티스푼을 넣어둔 상태에서 꿀을 넣습니다. 이왕이면 꿀 자체의 향과 빛깔이 강하지 않은 꿀이 좋습니다 ^(^

7. 준비된 6의 컵에 레몬 끓인 물을 붓습니다.

8. 잘 저어 이제 후후~ 불어가며 마시면 됩니다 ^(^

step 2

1. 주전자에 남은 레몬 끓인 물이 미지근하게 식으면, 제빙틀에 넣어 냉동실에서 얼립니다.

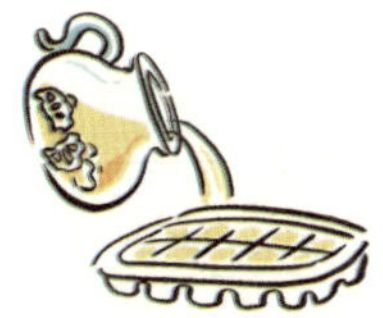

2. 한번 끓인 레몬 조각을 주전자에서 절반 정도 꺼냅니다.

3. 끓이지 않은 새 레몬 조각을 꺼낸 양만큼 주전자에 다시 넣습니다.

4. 500cc 정도 물을 붓고, step 1과 같은 방식으로 다시 끓입니다.

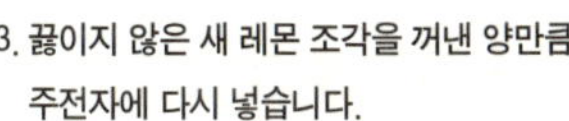

5. 이번에는 싸~한 향기가 좀 덜할 겁니다. 그래도 전과 같은 방법으로 끓입니다.

6. 나머지 단계는 step 1과 꼭 같이 하시면 됩니다. ^(^ 너무 쉽지요?

tips & talks

1. 초벌로 끓였던 레몬차를 저는 소박한 레몬차라고 부릅니다. 솔직히 맛이 좀 떫기 때문이지요.

2. 한번 끓였던 레몬 조각과 새로 넣은 레몬 조각을 1 : 1 비율로 함께 끓이면, 떫은 맛이 거의 사라지고 훨씬 세련된 레몬차가 됩니다.

3. 그리고 냉동실에 얼려놓은 소박한 레몬차 얼음은 맹물 마시기가 맹숭맹숭할 때, 몇 조각을 띄우면 물맛이 의외로 상쾌해집니다.

4. 세안을 깨끗이 한 후, 차분한 마음으로 누워 잠시 눈을 붙이고, 좀전의 레몬 조각 (한번 끓였던 것)을 얼굴 위에 살포시 올리면 좋습니다. 저는 이것을 레몬 꿀팩이라고 부릅니다. 아무리 좋은 화장품을 발라도 피부는 지치게 마련인데, 부드러운 레몬 조각으로 피부를 쉬게 해주는 효과가 있습니다 ^(^

아픈 날이 즐거운 날에게

불행하고 아픈 날들이
엄연히 우리 삶에 존재하는
사실인 것처럼
행복하고 즐거운 날
또한 분명히 존재하는 진실입니다

불행이 행복에게

저만큼 가면 맞닿을 것 같은 철길 같은 행복아
불행도 마찬가지야

막상 마음먹고 걸어가도 끝내 만날 수 없는
멀고도 외로운 삶의 끄트머리 같은 것
영원히 닿을 수 없는……

실체는 없고 분위기만 있는
끝이 없는 저 길 위에서 움직이는 구름처럼

그러니까 불행을 만날까봐
겁먹지 말고 외길로 빠지지 말아야 해

짧은 글 한 토막이

불행한 누군가의 짧은 글 한 토막이
다른 이에게
안도하는 마음을,
지금에 만족할 줄 아는 은근한 행복감을
느끼게 해준다면
그것을……

불행 중 다행,
그나마 다행이라고 한다.

온전히 내 공간

조금은 서글프고 외로운 일이기도 합니다
사람들로 북적이던 이곳이 아무도 돌보지 않는
어느덧 키를 자랑하는 잡초만 무성한 마당을 보고 있는 게 말입니다
그러나 이곳이 온전히 제가 사는 공간으로 다가올 수 있는 것은
아마 배가 부르기 때문일 겁니다.

누군가의 지나가는 말 한마디에 혹은
누군가의 관심 한 자락에
제 마음이 울리고, 제 생각이 흔들린다면
그건 저와 동시에 이곳에 들르는 사람들을 속이는 일일 겁니다

멋있어요! 한마디가 듣기 좋아서
행복한 마음을 지적인 우울이나 분위기 있는 감상으로 화장한다면
후에 후회할 것이고 또 많이 미안할 겁니다

아무런 강박관념 없이 글을 쓰는 한가한 걸음으로 지내는 요즘
친구란 무엇일까, 지인이란 어떤 모습일까
제법 진지한 고민을 할 수 있어 참 좋습니다

돌아가는 길요? 글쎄, 잘 모르겠지만
이렇게 편지를 보낼 수 있는 일상의 행복이 있어 많이 기쁘고,
이제 봄이라는 계절도 사랑할 수 있을 것 같은 그런 날들입니다.

내 사랑의 집은 어디인가

좋은 사람이 곁에 있어
사랑합니다 말하며
물끄러미 바라볼 수 있는 거리만큼
사람답게 사는 일이 또 있을까

사랑했던 사람을 저만치에 두고
사랑했어요! 소리치는 것이
오겐키데스카~보다 낮지 않은가 자위하는 것만큼
어정쩡한 감정이 또 있을까

사랑에 빠지고픈 인연이 어디 있는지
사랑을 찾아 방랑하는 게
오늘 한가한 아름다운 여인을 기다리는 것보다
칠천 배 낮지 않을까

이제 사랑에 빠진 사람을 앞에 두고
부디 아름다운 사랑을 나누세요 축복해야 한다면
쿨하군요 하는 평가보다
무엇이 더 나은지 따져야 하지 않을까

아바스 키아로스타미의 롱테이크샷이 보고 싶다.

Where is the

Lover's House?

7707 버스 정류장

7707 버스 정류장에선 누구나 동행을 기대하기 마련이지만
그것이 꼭 쉬운 인연만은 절대 아니다

출발하는 방향이 언제나 제각각이고
원하는 목적지 역시 뿔뿔이 갈라질 테니

혹시 '그가 그였어' 라고 속없이 투명하게 들뜬 마음이
역시 하는 아쉬움으로 꺾이더라도
한없이 가벼이 깡충거리거나 슬프게 눈물짓지는 말았으면 좋겠다
늘 7707 버스를 함께 오르는 사람이 있지
나직한 미소를 짓게 되기를……

자존심을 조그만 접어봐. 무엇이든 좋아질 거야
나는 안다. 얼마나 비겁한 주문인지를……
그래도 당신이 미련 없이 행복해졌으면 좋겠다

한달음에 지나쳐버린 길

앞을 보고 급히 뛰어간 오솔길에는
숲의 허파가 묻혀 있습니다
오랫동안 기다렸던 사랑이야 하며 하이힐 뒤축으로 사정없이
낙엽 쌓인 오솔길을 뛰어가시면 숲의 허파에 구멍이 난답니다

바람이 드나드는 헛헛한 소리밖에 들리지 않더라도
그저 당신이 행복하길 바랄 뿐입니다

혹여 뒤돌아 이 길을 지나치게 된다면
작년 재작년 그전의 가을 언젠가 숲이 떨어뜨려 놓았던 푹신한 낙엽을
부디 맨발로 바스락바스락 즈려밟고 가시옵소서

한달음에 지나치기엔 억울하게 맑고 신선해
허파 속을 싱싱하게 세척해줄 숲속 오솔길을 음미하시길
부디 그리하시길
숲속 오솔길이 청하옵니다

한달음에 뛰어가기엔 지나치게 아깝고 소중한……

One fine day (″)

(″) (″) !!! 어느 날인가, 그 사람이 내게 다가와 있다는 사실을 알게
되었어. 놀랐지

(″) (″) 내게 그랬어. 기다렸던 사람인 것 같아요.

(″) (..) 고민스러웠지. 내게 벅찬 사람이었거든

(″) (..) 새침을 떨며 생각해보았어. 내가 받아들여도 될까?

(-_-) ; 안 될 거야. 나 같은 사람한테 왜……?

(″) (..) 우물쭈물했지. 내가 항상 그렇잖아

(″)〈(″)〉!! 맘에 없는 소릴 했어. 나중에 버림받을까봐

(..) (″) 내가 나빴어. 그 사람을 아프게 했으니까

(..) (″) 그 사람이 가버렸어…… 다행이지 뭐

(″) 이제 다 끝난 줄 알았어. 그 사람이 보이지 않으니까

(″) 그저 그런 하루가 반복되고 있어. 날씨가 참 좋네

(..) 우울한 날도 있는 거잖아. 날씨가 그런 것처럼

(__) 심하게 우울한 날이 어디 하루 이틀이야? 새삼스럽게

(″) a 근데 뭐가 좀 이상해

(..)(″)/(″) (..) (″) (″) (..) (″) 버스도 안 탔는데 멀미가 나려
고 해. 그냥 뭔가 이상해

(〃)(〃) 두리번거렸어. 왠지 모르게 말이야

(〃)/(〃) (..) (〃) (〃) (..)(〃) 세상엔 사람도 참 많지? 그런데 이상해

(〃) 자꾸만 누군가 보고 싶어. 그게 누굴까, 누굴까?

(〃)/(〃) (..) (〃) (〃) (..) (〃) 세상엔 사람이 정말 많아. 참 이상하지?

(〃)/(〃) (..)(〃) (〃) (..) (〃) (〃)!! 저렇게 많은 사람 속에서 그의
목소리가 들려왔어

(〃)/(〃) (..) (〃) (〃) (..) (〃) (〃)?!!! 얼른 돌아봤지. 아니더라구

(__) 슬펐어. 그냥 슬퍼

(〃)!! (〃)!? 친구가 그러더라. 아는 사람은 우연히 종종 만나게 된다
구. 정말 그럴까?

(〃) 괜시리 지하철도 타게 돼. 그 사람이 타는 방향으로

(-.-) 가끔 기도도 하구. 하느님, 그 사람 행복하게 해주세요

(..) 알아. 이러면 안 된다는 거, 정작 먼저 다가선 게 나라는 것두

~~~~~ (〃) 바람이 시원한 날이네. 참 좋은 날씨야
~~~~~

사랑과 빚이 같은 점

고객이 당신에게 1백 달러의 빚을 졌으면,
그것은 채무자의 문제이다.
하지만 고객이 당신에게 1백만 달러의 빚을 졌다면,
그것은 채권자, 즉 당신의 문제이다.

사랑도 마찬가지다!

겨울과 좋아하는 코트

내가 아는 사랑은

내가 아는 사랑은 이런 거예요.
싱그러운 눈빛으로 정겹게 이야기 나누며
재개봉관 뒷자리에서 그녀에게 기대어 팝콘을 나눠먹는 그런 거예요.
무슨 향이 풍길까 방금 샴푸한 부드러운 머리결을
촉각과 후각으로 느끼고 싶은 겁니다.

내가 원하는 사랑은 이런 거예요.
그녀의 전공 리포트를 정성껏 써주고 싶은 그런 거예요.
옳지 않은 행동이란 걸 압니다. 그래도 밤새워 해주고 싶은 겁니다.

내가 기대하는 사랑은 이런 거예요.
연락도 하지 않는 그녀를 위해 휴대폰을 쥐어주고 싶은 그런 거예요.
때로 그녀가 나를 찾을지도 모르잖아요.

내가 마음으로 보여주고 싶은 사랑은 이런 거예요.
그녀가 떨어뜨리고 간 손수건을 동그랗게 말아쥐고
그녀의 집 가로등 기둥에 숨어 기약 없이 그녀를 기다리는 거예요.

똑똑한 사랑은 못 되겠지요. 그러나……
그녀가 손수건을 잃어버리거나
리포트를 못 써서 쩔쩔 매는 일은 없을 겁니다.
내가 바라는 사랑은 그냥 이런 모습이랍니다.

: Alt + F4 체조

자~자~ 여러분, 연말이고 해서 제가 좋은 것 하나 알려드릴까 합니다.
우울한 기분이나 나쁜 기억을 한방에 날려버릴 수 있는 즐거운 체조입니다.
강습비는 무료, 공짜입니다. 공짜~ ^^
지금 일 안하고 있는 거 다 알아요. 바쁜 척하지 마시고 어서 이리 오세요!~
왼손만 사용하는 것이 이 체조의 핵심입니다.

1. 양손에 깍지를 끼고 손바닥을 몸 바깥쪽으로 힘껏 스트레칭 합니다.

2. 오른손은 평소 마우스를 쥐느라고 수근터널이 아플 테니 잠시 쉬게 내버려 둡시다.

3. 왼쪽 손바닥이 몸 바깥쪽을 향하게 하고 팔을 앞으로 뻗어, 손가락을 쫘~악 펼칩니다.

4. 새끼손가락부터 차례로, 펼친 손가락을 하나씩 구부립니다.

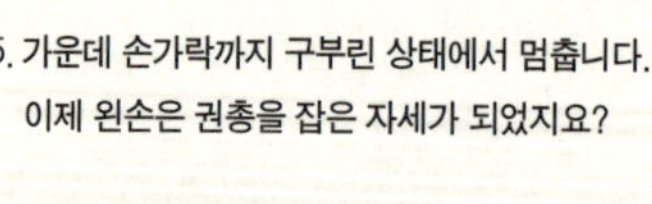

5. 가운데 손가락까지 구부린 상태에서 멈춥니다.
   이제 왼손은 권총을 잡은 자세가 되었지요?

6. 눈앞으로 손등과 엄지 그리고 검지가 보이시죠?
7. 이제 왼손을 오른쪽으로 살짝 돌려 보세요
   (관절, 아프지 않습니다. 걱정 마세요).

8. 검지 손가락에만 힘을 주어 쭈~욱 펴봅니다.

9. 이제 마지막 동작, 검지를 앞으로 3, 4회
   까닥거립니다 (뭔가를 누르는 것처럼).

10. 효과가 없다구요? 그럼 손가락을 앞으로 향한 채
    수평으로 해보세요.

이제 뭔가 열 받는 일이 있거나 좋지 않은 기억이 있을 때마다 이 체조를 해보세요.

나쁜 기억들이 모두 사라질 겁니다.

이상, 뜬금없는 무슈 집센이었습니다.

보탬 : 아, 이게 무슨 체조냐구요? Alt+F4 체조이었습니다 ^(^

3부

비는
맞으라고
오는
거지요

무슈 집센 얼굴의 역사

그렇지 않아도 콤플렉스가 많은 까닭에, 저는 거울 보는 일이 거의 없는 사람입니다. 삶이 그저 평범하고 평탄한 궤적을 그리고 있던 중, 스무 살이 되던 해부터 약간 과장을 보태면 파란만장하게 변하기 시작했습니다. 남들은 서른 즈음이 되어서 비로소 우울해진다고 하지만, 저는 30세가 되던 날 뛸 듯이 기뻤습니다. 청춘이라 불러야 할 만한 추억이 특별히 없어서인지, 제게 있어 20대는 무척이나 냉정하고 잔인한 시간으로 기억될 뿐입니다.

문득 제 얼굴을 자세히 봅니다. 미간 콧날이 시작되는 부분에 아직도 희미하게 남아 있는 수술자국. 그건 첫번째 교통사고에서 생긴 상처였습니다. 자동차 핸들에 얼굴을 들이받으면서 찢어졌던 피부를 우악스러운 정형외과 의사가 거침없이 꿰맸던 까닭입니다.

오른쪽 관자놀이 부근에 있는 희미한 반점, 친구들은 이것을 검버섯이라며 놀립니다. 하지만 그건 오직 반갑지 않은 추억일 뿐입니다. 월드컵 환호가 한창이었던 무렵, 저는 갑자기 기울기 시작하는 사업을 버텨내느라 손톱으로 얼굴을 후벼파는 버릇이 생겼습니다. 여드름인 줄 알고 습관적으로 손을 댔습니다. 며칠 후, 홀로 남은 사무실에서 거울을 보다가 짙은 갈색 검부러기가 붙어 있는 것을 보았습니다. 화장지에 따뜻한 물을 묻혀 닦아내다가, 문득 찌르르 쓰라리다는 걸 깨달았습니다. 빨갛게 피가 배어나오는 상처는 손톱자국으로 푹~ 패여 있었습니다. 지금은 희미한 흔적으로 남아 있을 뿐이지만 말입니다.

오늘 아침, 정말 오랜만에 다시 거울 앞에 섰습니다. 누군가 지금의 저를 본다면 어떤 느낌을 받을까 궁금했거든요. 말하지 않고 있으면 화난 것처럼 보인다는 오랜 친구의 조언은 저의 지난 십년을 정직하게 말해주는 것이니, 그저 담담하게 받아들이겠습니다. 하지만 산책길에서 만난 예쁜 갓난아기가 저를 바라보며 울음을 터뜨리는 순간, 마음이 영 좋지 않았습니다. 솔직히 슬프지요. 아주 많이…… 모두들 제 얼굴을 보고 화가 난 모양이라 생각하고, 아기들은 울음을 터뜨리니 마음이 아픕니다. '집센 님, 글에서 받았던 느낌과 좀 다른 것 같아요' 하는 메시지가 뜰 무렵이면, 관자놀이에 있는 손톱자국보다 더 깊게 제 마음이 파입니다.

처음 만나는 이에게 '그리 나쁜 사람은 아녜요' 하고 미리 연막이라도 쳐야 할지 모르겠습니다. 누구에게든 저에 대한 이해를 직접적으로 구하지 않겠다고 자신만만했지만, 아직도 약간 남아 있는 어린 시절의 프로필에 안도의 한숨을 내쉬며, 이제 얼굴에도 서서히 신경써야 할 나이가 되었다고 우물대는 소심한 녀석이 되었습니다.

삼십대에 들어선 B형 피, 아주 연한 곱슬머리를 가진 한 남자가 있습니다. 갈색 눈동자에 한쪽에만 있는 쌍꺼풀 때문에 바람기가 많을 것이라는 편견을 버거워하는 고집불통의 사람이 있습니다. 경쟁을 죽기보다 싫어하는 한 인간이 있습니다. 누군가와 경쟁해야 한다면, 오랜만에 찾아온 인연일지라도 곧바로 포기해버리는 우물우물한 삶 하나가 이렇게 요청합니다.

'좋은 사람' 이라고, 또는 '알고 보니 나쁜 사람' 이라고 쉽게 단정하지 말고, 그저 '계속 지켜볼 정도의 사람' 은 된다고 저를 생각해주셨으면 합니다.

유통 기한

누군가 내 이마에 빨간 광선을 비추면 어쩌나
유통 기한 지났어요!
또렷한 목소리로 알려주면 어쩌나

아직 새싹이 올라오지도 않았는데
벌써 시들어버리면 어쩌나

기다리다
제풀에 지친 마음 하나가
홀로 쓸쓸하게 시들어버리면 어쩌나

밤하늘을 우러러

세상사 마음먹은 대로 안 되는 것이
어제 오늘의 일이 아니었음에도
오늘 따라 이렇게
한스런 마음이 드는 것은 무슨 일인가?
서럽도록 맑은 밤하늘을 우러러
나는 왜 이리도 숨기고 싶은 것이 많을까?

숨쉴 틈 없이 쫓겨가듯 지나온 날들에서
문득문득
어디선가 누군가의 흐느낌 소리를 듣곤 했다

내 가슴이 울먹이는 소리를
안타까운 내 삶의 소리를……

미련

미련이란 물건은
버리는 것이 남겨두는 것보다
낫다
남겨두는 건
미련한 짓이기 때문

정작 더 미련한 일은
알면서도 못 버리는
이리도 안타까운
마음이다.

끝

끝이라는 한 단어는
넓고 깊은 호수 같아야 합니다
양자강 큰 물이 범람할 때면
동정호가 주저 없이 받아주듯이

끝이라는 글자는
그것으로 끝이 아니고

더 이상 나아가지 못하고 진행하지 못하도록
분명하게 가로막는
넓고 깊은 웅덩이 같은 것이어야 합니다

마지노선이 없으면
욕심이나 미련 같은 난처한 정서들이
항상 넘쳐흐르기 때문입니다

끝

그게 없다면
시작도 없게 됩니다.

감정도 숙성이 필요해

설익은 과일을 먹으면 쉬 배탈이 나듯
설익은 감정을 내뱉으면
누군가 다칠지 몰라

오뉴월 따사로운 햇빛을 받아야 하고
칠팔월 거치른 비바람도 맞아야 하고……
그렇게 감정에도 숙성이 필요하다

호흡 한번 크게 쉬어 보시길
한 박자, 두 박자……
조용조용 천천히,
하나 두울……

지천으로 널린 진실

제 아무리 진실하다 해도
도저히 받아들여지지 않는 경우가 있다
불가항력

감정만큼이나 길거리에 진실이 널려 있기 때문이다
찰나 같은 순간에 변해버린 사랑도
찰나 전까지는 진실이었으니까……

영원히 변치 않을 것!
아집을 버리면 된다

어떤 계기

문득인생이절망스럽거나하잘것없이느껴지는답보상태가끝도없이이어
지고무력감에서헤어나올수없어누군가의강력한계시나신의가호혹은술
집에서사은품으로받은로또라도당첨되었으면하는따위의기대를걸고있
는입장에있는사람이당신이라면지금의상황이몹시혼란스러워어떤필연
적인계기가필요하다고느낄지도모른다

나에게 어떤 계기가 찾아올 것이라고 기다리지 말라
생리현상으로 기지개를 켜듯
의지가 이끄는 대로 일어서서
자연스러운 걸음으로 움직이면 된다.

겨울과 좋아하는 코트

몸짱과 피부 그리고 탄력

최고의

몸짱이 스타인 시대라지만

정작 우리에게

이 순간 탄력이 필요한 곳은

피부가 아니라

思 · 考 ·

TYPEWRITER

21세기를 몇년 앞에 두고 저는 군대에 입대했습니다.
시대가 버린 지 한참 지난 것을 여전히 소중히 다룹니다.
그곳에선.

2년이 지난 어느 날,
비로소 저는 그곳에서
32bit 486PC 앞에서 한글 2.5를 사용할 수 있었습니다.

문득
한쪽 구석에 무참히 처박힌 typewriter에
재활용 갱지를 끼워넣고
'ㅏ'자가 쳐지지 않는 typewriter가
한 글자씩 차례로 문장을 조합해나갈 때면,
오타가 나와도 홀대하기 엄두조차 일지 않던
저의 젊음이 서글퍼졌습니다.
염치없게도……

참으로 놀라운

열 받는 일은
항상 가까운 거리에서 비롯된다

시간적 거리든
심정적 거리든
물리적 거리든
관계상의 거리든……

참으로 놀라운 신의 배려~

n 분의 1

오늘 오래된 사랑 하나가
가슴 아프게 끊어졌지만
세상이 당장 무너지지 않았습니다

오늘 사랑니 하나가 올라온다면
아프리카 어디어디에 난 엄청난 홍수보다
더 뾰족하게 아픈 법입니다

어김없이 내일 아침에도 해가 뜨겠지요
그게 다 우주의 이치, 뭐, 그런 거겠지요.

Be……

은근한 향기를 풍기는 이와 대화를 즐기는 저는
Be로 마무리되는 영어 문장 역시 아주 좋아합니다.

To be or not to be……
죽느냐 사느냐, 셰익스피어

The truth will that be……
그것이 진리가 될 것이다, 팻 메스니(세계적인 재즈 기타리스트)

I'm only brave when I have to be……
나는 그래야 할 때만 용감하다, 무파사(애니메이션 '라이언 킹'에 나오는
사자의 왕)

Be……
나는 지금 어떤 존재인지,
어떤 존재로 받아들여지는지……

자신이 원하는 모습만 사랑이라고 미화하는 것은 아닌지,
그게 나를 피하게 만드는 이유는 아닌지
또 그만큼 두서없는 감정 몇 자락으로
집·센·은·이·런·사·람·이라고 오해하게 만드는 것은 아닌지,

Be……
나는 어떤 존재인지,
얼마만큼 뒤집어야 마음을 열고
얼마만큼 마음이 상해야 솔직한 존재가 될지

그런데 Be……
반드시 어떤 존재여야 하는 건지
내게 있어 가장 큰 욕심은 아닌지

2004년 5월 4일,
사는 일에 좀체 익숙해지질 않는다.
이 나이를 먹도록……

겨울과 좋아하는 코트

여전히 마음은 겨울이지만

그리 우울하기만 한 것은 아닙니다.

제게

좋아하는 코트가 있기 때문입니다.

투망질

여러 차례 연속 그물을 던지면
하나쯤은 걸리겠지
저자거리의 로또 식 마음으로
사랑을 만나면 아니 됩니다

사랑은 투망질로 잡을 수 없습니다
사랑은 나 이외의
다른 별을 만나는 일이랍니다
신비로운 우주를 내 안에 품는 일입니다.

후회

늦었어! ~

체념하기에는

너무 이르고

주저주저하기에는

여유가 넉넉치 않은 그런 일

……

마스크

누구나 몇개쯤 마음속에 마스크를 지니고 산다
타인과 어울려 사는 일이 아무래도 버겁다면……
저이에게도 마스크가 있겠지
받아들이면 한결 편안해진다

마스크를 내려놓으라고 요구하려면
자신부터 벗어야 공평한 게임이 되고

아주
심각하게 괴로운 일은
나에게
매우 멋진 마스크가 씌워져 있는 경우다.

지금 마음이 편치 못한 까닭이다.
인간,
복잡한 내면 풍경이 눈물겹도록 아름다운 종족

心

진심이
흔들리고
있으면,

근심은
저 혼자
차가운 강을 건너며
스스로
홀로 깊어만
간다.

겨울과 좋아하는 코트

7월 1일

제 아무리 발버둥을 쳐도
약속에 닿기가 도저히 불가능할 때가 있다

지하철을 잘못 탔다면……

둥근 바퀴가 굴러가듯
시냇물이 흘러내리듯
속수무책 세상사에서
우리 인연도 흔히 그렇다

사각이는 만년필 소리를 좋아하세요?

올빼미 과의 생활에 젖어본 사람이라면 심야생활의 좋은 점 몇 가지를 알고 있게 마련입니다. 이를테면 광고가 거의 없는 심야의 라디오 방송이라거나, 폐부를 찌를 듯이 맑은 겨울의 새벽공기, 백열등 스탠드 위로 아련히 퍼져가는 찻잔의 아지랑이, 그리고 종이 위에서 조용히 사각대는 만년필 소리 등등 말입니다.

만년필이 아름다운 또다른 이유는 종이에 쓰여진 글씨에서 그 사람의 성격이나 쓸 당시의 심리를 엿볼 수 있기 때문입니다. 예를 들면 유독 진하게 쓰여진 글씨가 일정하게 반복된다면 글쓴이가 이동중이었다고 짐작할 수 있습니다. 버스나 기차에서 무릎 위에 종이를 올려놓고 쓴 게 아닐까?

또 만년필 필체로 그 사람의 성격을 짐작해보기도 합니다. 동글동글한 서체라면 그의 성격도 둥글둥글하겠고, 뾰족한 서체라면 글씨처럼 그의 성격도 예리하지 않을까 짐작할 수 있듯이 말입니다. 제가 이런 생각을 품게 된 데에는 어린 시절 좋아했던 명탐정 셜록 홈즈 덕분이 아닐까 싶습니다.

그리고 글씨의 어느 한 부분으로 잉크가 집중적으로 몰려 있다면, 집이나 사무실이 아닌 다른 공간에서 적은 거라는 추측을 해볼 수도 있습니다. 수평이 맞춰져 있는 책상에서 적었다면 잉크가 몰릴 까닭이 없기 때문입니다.

그닥 유용치 않은 이런 공상까지도 덤으로 얻을 수 있어 저는 만년필을 좋아합니다. 게다가 종이 뒷면으로 약간씩 배어나오는 잉크의 번짐도 기분을 좋게 합니다. 심심할 때면 잉크가 종이에 스며들도록 만년필로 여기저기에 점찍는 장난을 즐기기도 합니다. 이 놀이를 하다보면, 마치 제 마음대로 조정할 수 있는 생명체를 지니고 있다는 느낌이 들기도 하지요. 다시 돌아보면 만년필에 대한 욕심은 참으로 소박한 듯합니다.

그래서일까요. 자판을 두드리고 있는 지금 이 순간, 좀더 행복해질 수도 있을텐데…… 하는 아쉬움이 모니터의 미세한 화소 사이로 스물스물 스며듭니다. 모니터에서 한 글자씩 조합되어 나가는 모습을 보고 있노라면, 더할 나위 없이 편리하다는 생각도 들지만 제 마음이 제대로 전달될까 하는 의구심이 떠오르기 때문입니다. 이렇듯 컴퓨터를 붙잡고 더불어 살다보면, 언젠가 두뇌가 손가락 끝으로 옮겨지는 날이 오지나 않을까 슬며시 바보 같은 걱정도 들곤 합니다.

그런데 당신은, 모니터 너머로 누군가의 마음이 자알 느껴지시나요?

다른 곳을 바라보는 이여

저기……

다른 곳을 바라보는 이여

저에게로 고개를 돌려보세요

그리고

당신의 심장을 향하여 이렇게 물어보세요

그때 그 어정쩡한 심장은 이제 사라졌는지……

세월이 흘러도 여전히 민망하지만,

제발 저에게로 고개를 돌려보세요.

Alternatives

때로는 결정을 미루는 것 자체도

아주 중요한 결정이다

무엇이든

누구이든

자신의 상황에

몰입하는 버릇이 있기 때문이다

As time goes by ~

이를테면 이런 겁니다
어느 날 아침인가
문득 눈을 뜨다가 떠오르는 그런 상념
과거의 나를 기억해주는 사람이 몇 명쯤 남아 있을까

제법 반듯하게 구획정리 되어 있던 복근
흉터 하나 없던 얼굴 아니면 덧니
누구를 보아도 배시시 배시시 열리던 표정
뭐 그런 것을 기억하는……

이 순간
나는
어떤 모습으로 누군가 기억의 필름에 저장될까

그런 게 있다는 것

내가 갈 수 없으니

그대 또한 넘어오지 못하게 해야 하는

그런 감정이 있다

때로.

……

한 가지는 이해한다

삶은 온갖 버거운 감정까지 품고 있다는 것을

무한 반복

이제 무언가를 알겠다!

어렴풋이 깨달을 즈음에야

예전의 그 자리로

다시금 돌아와 있음을

비로소 받아들이게 된다.

강을 건넌다는 것

불행 때문에 피눈물을 흘리는 건
지금이 과도기라고 믿기 때문이지

강을 건너는 행동 자체는 아무런 문제도 되지 않는다
단지 조금 위험할 뿐

마음을 강 너머로 애써 옮기면,
안개처럼 피어오르는 미완의 희망~

안타까워 슬픈 우리 젊은 날의……

싱거운 녀석들

상당히 진중하고 매사에 숙고하는 어떤 분이 어느 날 뜬금없이 은근하게 물어오셨습니다. 닭이 먼저인가? 달걀이 먼저인가? 이 양반 얼굴을 보아하니 장난은 아닐 듯싶어(논리적인 사람이 되어야 한다고 진지하게 충고하시길래) …… 이렇게 대답했습니다. 닭이 먼저라고 생각합니다.

그 : 어째서? 논리적으로 설명해보게.

나 : 창조론과 진화론으로 나누어 설명하겠습니다.

그 : 그래? 해보지.

나 : 먼저 창조론입니다. 하느님께서 달걀만 만들어놓으시고,

 니 알아서 자라거라 그러셨겠습니까?

그 : 아니겠지 -.-

나 : 그러니깐 닭이 먼저죠.

">

그 : 그럼 진화론은?

나 : 뭐, 닭 비스무리하게 생긴 것들이 진화를 하고 또 거듭하고 , 변화에 변화를 계
   속하던 어느 날, 닭이라고 불러야만 할 모습의 짐승이 나타났을 것 아닙니까?

그 : 그럴 듯 하네.

나 : 그러니까 여기에서는 닭이라고 부를 만한 시점이 있다는 얘기죠.

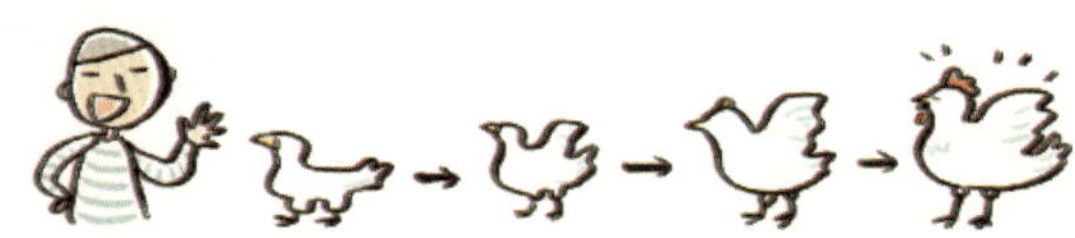

그 : 그래서?

나 : 그래서는요? 그러니깐 닭이 먼저죠.

그 : 크흠……

나 : ……

이렇게 우리는 싱거운 녀석들이 되었더랬습니다. ^ (^

다테마에와 혼네

제가 좋아하는 이웃에게 놀러갔다가
사이먼 앤 가펑클의 노래를 들었습니다
렉시나 테이 혹은 휘성과 퍽이나 다른 느낌이지만
그렇다고 성시경의 목소리에서도 그들의 느낌을 전달받지는 못합니다
제 감각이나 느낌이 구닥다리여서 그럴까요?
글쎄……

사이먼 앤 가펑클,
영화 졸업에서 더스틴 호프먼과 한 묶음으로 다가오는
그 무렵의 감정들이
요즘의 가수들에게서 받는 느낌과 많이 다르기 때문 아닐까요?
부족해서 풍요로웠던…… 그런 정서 말입니다

매끈하게 잘 차려입은 파티클럽이 아니고,
캠퍼스 잔디밭에서
돔 페리뇽 같은 최고급 샴페인이 아니라,
마시고 나면 늘 뒤끝이 더러운 화학 막걸리가 연상되는
그런 분위기 말입니다

어느 쪽이 더 좋은가?
질문 자체로 매우 어리석듯이,

감정을 있는 그대로 믿는 것 또한 어리석은 일이 아닐까 싶습니다
얼마 전 사이먼과 가펑클이
실제로는 사이가 아주 좋지 않았다는 기사를 읽었습니다
그리고 한참을 생각했습니다

보여지는 겉모습과 감추어진 속마음이 얼마나 다를 수 있는지……
또 그런 현실이 답답했기 때문입니다

그들이 들려주는 천상의 하모니는 험한 세상에 다리가 되어주겠노라고
속삭이는 지순한 사랑을 마음속에 심어주지만
서로가 서로를 앙숙으로 여기는 그런 관계였다니……
사랑하는 사람을 향한 다정한 밀어에도
사이먼과 가펑클의 완벽한 하모니에도
이면에는 갈등과 불신과 반목이 숨어 있을 수 있다면……
우울해집니다.

일본 사람들이 얘기하는 겉마음과 속마음
다테마에와 혼네,
그런 감정의 모양은 도대체 무엇인가 궁금해지는 우울한 봄날입니다

겨울과 좋아하는 코드 — 대략…… 난감

목표물을 정치하게 조준하지 않으면
대포알이 엉뚱한 방향으로 날아가듯
사소한 오해의 시작이 전혀
엉뚱한 결과를 낳기도 합니다

당신의 정치적 코드는 무엇입니까?
뜬금없는 질문에
대략…… 난감해질 뿐입니다

난처합니다
저는 무선인데요
할 수도 없고……

겨울과 좋아하는 코드가 아니라
겨울과 좋아하는 코트여서 말입니다

사랑이라는 고질병은

같은 실수를 반복하는 사람을 두고 어리석다 말합니다
이것을 알고도 반복하는 경우라면
증세가 심각하다 할 것입니다

빨리 고치는 게 좋겠다고들 충고합니다
옳은 말씀입니다
실수는 두번 다시 경험할 가치가 없는 것이기 때문입니다
계산기 두들겨보면 금세 나오지 않는가 말입니다

하지만
알면서도 비슷한 실수를 반복한다 해서
너무 뭐라 나무라지 말기를…… 바라는 게 있다면

그것을
우리는 사랑이라 부를 겁니다
가치가 없다거나 허망한 감정의 낭비라고 쉽게
폄하할 수도 있습니다
말하는 자의 권리이기 때문이죠
그러나
세상의 그 어떤 우월한 존재라도
사랑이라는 정서를 무너뜨릴 권리가 없습니다

아무리 보잘것없는 미물 같은 존재라도
사랑하고 행복해질 권리는 지니기 때문입니다
아무에게도 사랑받지 못할 만큼 못난 사람은 없습니다

겨울과 좋아하는 코트

지금 무슨 소릴 1

잊어버리고 싶은 일들이 자꾸만

떠오를 때

곁에 있으면 좋은 개는 ?

……

……

……

지우개 ~~

제자가 물었다.

비는 왜 내리는 겁니까?

스승이 답했다.

맞으라고 ~

제자가 다시 물었다.

그럼 우산은 왜 만들었습니까?

스승이 답했다.

……

……

비 피하라고 ~~

雨

어쩌다

필름이 아예 없는
세번째 술자리에서
어쩌다
나를
무척 공손한 비즈니스맨이라
기억하는 사람이 있을 때······

내가 몹시도 싫다
끝내 놓여지지 않는 뭔가가 내 속에 남아 있어서

그런 내가 무섭고 두렵다

컴퓨터

으레 하루에 한번쯤 들리는 블로그에
오늘은 왜인지 평소보다 방문자가 훠얼씬, 무척 많습니다.
제가 뭐, 자고 나니 유명해졌더라는 바이런도 아닐 테고
이게 웬일? 하는 마음부터 먼저 들었습니다.
어쩐지……
오늘의 테마가 커피였던 것이 이유였습니다.

컴퓨터가 하는 일이 그렇지 뭐……
그렇지만 가슴에서 스멀대는 씁쓸한 마음까지 지울 수는 없네요.
제 블로그는 커피와 별반 관련이 없습니다.
블로그 제목에 커피라는 단어를 검색해 올려놓았나보지요.

사람살이 편하자고 만든 게 기계이고 컴퓨터인데
이 메커니즘이 생기지 않았더라면
인간이 더욱 인간답게 살 수 있지 않을까
이제 컴퓨터에게 피해의식마저 듭니다.

그래도 날마다
컴퓨터를 들여다보는 이놈의 심사는 뭔지 또 모르겠습니다.

사랑을 느낄 때 1

한 개이면 족하던 것이

한 쌍이

필요하다고

느낄 때……

사랑을 느낄 때 2

양미간을 찌푸리며 인상을 쓸 때마다

얼굴을 받치던 왼손이

턱을 괴고 헤벌쭉 입이 벌어질 때

그때 쓰이고 있음을 느낄 때……

: 남몰래 울고 싶은 날의 요가

지금까지 맨손체조만 했는데…… 이제 우리도 웰빙합시다.

그런 의미에서 오늘은 요가를 배워보겠습니다. 요가는 무엇보다 균형을 중요하게 생각합니다. ^(^ 몸이나 마음의 균형이 깨졌을 때 건강을 잃게 된다고, 요기들은 생각한답니다.

예비동작

1. 요가는 의자에 반듯이 앉아 있을 때, 혹은 서 있을 경우에도 할 수 있습니다. 구부정하거나 잘못된 현대인의 자세 때문에 척추가 긴장해 있을 수 있습니다. 우선 척추의 긴장부터 풀어 보겠습니다. 허리를 쭈욱 펴시고, 등을 화살처럼 뒤로 조금씩 젖혀보세요.

2. 아크로바트가 아니니까, 고개만 뒤로 넘어가더라도 너무 자책하지 마시길……
머리통이 커서 저절로 뒤로 젖혀지는 사람도 있습니다. ^(^

하여간 이런 동작을 몇 차례 반복하시면 예비동작은 끝이 납니다.

본동작

1. 척추를 곧고 반듯하게 편 상태로 의자에 앉거나 정면을 바라보는 자세로 섭니다.
2. 왼손은 계란을 쥐고 있는 것처럼 편안하게 말아집니다.
3. 왼쪽 팔꿈치를 구부려 왼손바닥이 왼쪽 귀 부근에 닿도록 합니다.

4. 오른팔도 구부려 왼팔 알통 부분을 잡습니다.
   왼팔과 오른팔이 대충 직각으로 엮인 형태가 되었을 것입니다.

5. 엮여 있는 왼팔과 오른팔의 모양을 유지하면서 머리쪽으로 쭉 끌어올립니다.

6. 왼팔의 알통 부분이 왼뺨에 닿을 듯한 상태에서 멈춥니다.

7. 아마 오른쪽 팔목이 당신의 눈을 가리고 있을 겁니다.

이제 당신의 얼굴을 볼 수 있는 사람이 없습니다. 실컷 울어도 괜찮습니다.

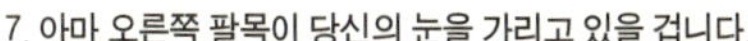

슬픈 마음을 억지로 참으면 마음의 균형이 무너집니다.

슬플 땐…… 소리내어 엉엉 울자구요~~

보너스 : 소매가 길고 볼륨이 풍성한 옷을 입으면 더욱 좋습니다.
보탬 : 울고 싶은 친구들에게 드리는 요가였습니다.

4부

고개를
숙이면
하늘이
보이지
않습니다

강바람에 불운이 날아가기를

벌써 몇년 전의 일입니다. 팔자에도 없는 샤넬이니 버버리니 하는 명품들을 일로써 만나게 되었습니다. 자연스럽게 유럽, 특히 프랑스로 출장 가는 일이 잦아졌습니다. 글쎄, 이런 것을 데자뷰(기시감) 이라고 해야겠지요. 파리에 갈 때마다 항상 머무는 호텔에서 지하철을 타려고 나오다 그만 턱~ 심장이 멎는 줄 알았습니다. 해마다 한두번쯤 악몽처럼 꿈에 나타나던 그 음습한 성당과 마주쳤기 때문이었습니다. 검댕이 잔뜩 묻어 있는 높다란 건물벽, 희끄무레한 음영이 중첩되어 있는 하늘…… 곰곰이 생각해보면 꿈에서 만나던 그 성당이 아닐 수도 있습니다.

그래서였을까요. 제게 불현듯 다가왔던 그날, 그날에도 '그럴 수 있다'고 태연자약했는지 모르겠습니다. 제가 갖고 있거나 혹은 누리고 있던 모든 것이 불과 며칠 사이에 손에서 사라지는 모습을 지켜보고만 있었습니다. 눈이 녹아내리듯, 손가락 사이로 모래가 빠져나가듯…… 그 상황에서 제가 할 수 있는 일이란 애당초 아무것도 없었는지 모릅니다. 그날, 좀 더 현명했어야 했다는 자책을 숱하게 했습니다. 하지만 그때, 저는 너무나 미숙하고 근거 없이 낙관적인 녀석일 뿐이었습니다.

The That Day , 불과 삼년 정도밖에 흐르지 않은 기억이지만, 돌이켜보면 참으로 까마득한 옛일 같습니다. 조금씩 눈치채게 된 현실은 나를 둘러싼 태도들이 급하게 변하는 것으로 알 수 있었습니다. 끝까지 함께 했던 직원 3명의 마지막 월급이 가슴에 걸려 있습니다. 지금껏 여전히 덕담을 잃지 않으시는 그분 눈가의 주름도 마음에 잡혀 있습니다. 이제는 그 친구들을 만날 수 있을 것 같습니다.

얼굴 한번 보지 못한 친구들, 그러나 처음엔 고객이라는 관계에서 출발했다는 기억이 떠오릅니다. "그런 회사 아닙니다" 하며 항변하던 그, 저와 동갑내기이던 양호 선생님, 그가 보고 싶습니다. 어떤 날에는 오라버니라고 했다가 또 어떤 때에는 친구라 부르던 선생님 진숙도 보고 싶습니다. '오빠' 라는 메일을 보내와 설레게 만들었던 진해의 해맑은 소녀 같은 그녀도 보고 싶습니다. 오감도에서 이상처럼 띄어쓰기를 하지 않아 읽기 곤란하게 만들던, 수족관 상어가 죽어간다고 걱정하던 그도 보고 싶습니다.

유전자공학과 예슬이의 배시시 웃던 모습도 보고 싶습니다. 일본에서 돌아왔다던 그, 한밤중에 가시 돋친 설전을 주고받던 스마트한 그도 역시 보고 싶습니다. 주문진으로 이사왔다던 그, 남해바다를 소개해주었던 그도 보고 싶습니다. 모두들 저를 기억하고 있을지, 혹은 하루라도 빨리 기억에서 지우고 싶은지, 이도 저도 아니면 이미 잊혀진 사람이 되었는지 궁금합니다.

이제 시간이 된 것 같습니다. 그들을 만나러 가겠습니다. 삼년을 기다려왔는데, 몇달이야 무에 어렵겠습니까. 정든 이곳 파리를 떠나야 한다면 기쁜 마음으로 그리 하겠습니다. 새로 사귄 친구들이 있고, 돌아가 만날 친구들이 있어 요즘은 무척 행복합니다. 저라는 사람은 그렇습니다. 힘들고 부끄럽다고 해서 이제 숨지 않겠습니다.

공무도하가

꿈꾸듯 당신 곁에서 행복한 미소로……

억겁 윤회에서도
언젠가 이날이 찾아오리라는 걸 저는 알고 있었습니다.
당신이 제게 찾아오시는 이날을.
언젠가 당신이 오면 드릴 선물을 마련했습니다.
오직 당신만이 기억할 수 있는 저의 공후인입니다.
감당하기 힘들 만큼 벅찬 저의 숙명을 안고
지쳐 쓰러질 수 있는 단 하나의 마음
그곳이 바로 태어나기 전부터 저의 윤회가 조금씩 일러주었던
당신의 포근한 가슴입니다.

당신이 제 곁에 있겠다고 말씀만 해주신다면
저는 언제고 당신을 그리워할 수 있습니다.

당신이 제 곁에 있겠다고 말씀만 해주신다면
그제야 저는 이 지친 윤회를 비로소 끝낼 수 있습니다
길고도 길었던 그 전생을……

그 옛날 당신이 저를 떠나 강을 건너가신 후
저는 세월에 갇혀 공후인과 함께 슬퍼했습니다.

당신이 제 곁에 있겠다고 말씀만 해주신다면
또다시 그 강을 건너신다 해도
저는 이제 슬픈 공후인을 타지 않겠습니다.

당신이 제 곁에 있겠다고 말씀만 해주신다면
저는 이제 당신의 강에서 이 길고 긴 윤회를 마치겠습니다.

꿈꾸듯, 당신 곁에서 행복한 미소로……

나중에, 아주 나중에

예전으로 다시 돌아갈 수만 있다면
나중에 정원이 있는 예쁜 집을 짓고 싶어

한참을 거닐 수 있는 커다란 정원은 아닐지라도
아내랑 아이들이랑 옹기종기 모여앉아 달님을 바라보게
뜰에 의자를 내놓은 손바닥 같은 정원이 있는 집을

그이도 나처럼 달을 좋아하는 이였으면 좋겠어
한여름의 태양으로 이글거리는 정열이란 애시당초 내게 없거든

조금 더 욕심을 부리자면 배꽃을 좋아하는 사람이었으면 해
없는 듯 은근히 욕심이 많아, 나라는 사람……

근데 지금도 참 좋다~~
나는……

반 발짝의 여유

매번
천길 벼랑 끝에 서 있기라도 한 듯하지만
등 뒤로 물러설 반 발짝의 공간도 없는 것은
무척이나 드문 일이다.

다만, 마음의 여유가 없을 뿐
가슴속에서……

점 하나를
천천히 찍어보자
· 점 ·

맑은 날씨, 우울한 기분, 바람부는 날

오늘처럼
하늘과 공기가 청명한데
기분은 울적하고
바람까지 몹시 부는 날에는

아무 생각 없이 소주 한잔이면 딱이지 싶습니다.

얇게 썬 싱싱한 레몬 한 조각을 입에 물고
보드카보다 맑은 소주를 원샷 하는 겁니다.

캬~

손등으로 눈물을 닦다

나는 결코 울지 않을 거야, 단정적으로 다짐하던 때가 있었습니다. 한밤중을 가운데로 걸어가던 병영 시절의 일입니다. 앞서 가던 녀석이 푹 쓰러졌습니다. 얼마 지나지 않아 그가 다시 푸욱 널부러졌습니다. 그래도 돌아가야만 했던 우리는 아무도 그의 군장 하나 수통 하나 들어주지 못했습니다. 우리 모두 너무 지쳐 있었기 때문이었습니다. 마침내 눈물이라는 이름을 얻은 고개 정상에 다다랐을 무렵, 녀석은 서서히 무너졌습니다. 아주 천천히 조금씩……

가쁜 숨을 이마로 몰아쉬던 우리는 그제서야 뭔가 심상치 않음을 느낄수 있었습니다. 총이고 군장이고 모두 벗어던지고 녀석에게로 달려갔습니다. 그러고 보니 녀석의 짐을 나눠질 힘이 없었다던 소리는 그저 변명이었는지 모르겠습니다.

의무대의 막내가 갑자기 울기 시작했습니다. 굵은 눈물방울을 떨어뜨리며 막내가 울었습니다. 무척이나 속으로 나무랐습니다. 네가 뭘 안다구? 며칠 후, 지상에서 녀석이 마지막으로 누워 있던 창고 옆 햇볕이 가늘게 드는 구석에서 숨을 죽인 채 우시는 그의 어머니를 보면서도 무어라 할 말이 떠오르지 않았습니다.

순간 끄응 하는 뜨거운 느낌이 올라와 얼른 몸을 돌리니, 다들 뒤를 돌아보고 있었습니

다. 다 큰 사내녀석들이 끄윽거리
기는…… 남자들이 눈물을 흘릴 때
손등으로 닦는 것을 보았습니다.
엄지 쪽의 손등으로 말입니다. 실
없는 소리입니다만, 여자들도 손으
로 눈물을 훔치나 봅니다. 손바닥 아랫부분으
로……

학교에서 배운 지식이 사람살이에 필요한 전부는 아닌가 봅니다. 여전
히 어떻게 해야 하지? 질문이 떠나질 않습니다.

정답을 모르기에 이제는 문제를 만들지 않는 쪽으로 방향을 정했습니
다. 적극적인 오류를 범하지 않기 위해서 말입니다. 그것이 단정의 외로
움보다는 낫지 않을까 싶습니다.

등꽃 그늘 아래서 그대를 생각하네

내 어릴 적 살던 집에 커다랗고 구불구불한 등나무가 있었어
옆집과 엉거주춤 붙어 있던 시멘트블록 담 위로
등나무 가지가 뻗어 있었지

지금은 분위기 없는 다세대 빌라로 변해버렸지만
그때는 제법 너른 마당이 보기 좋은 그런 집이었어

요즘처럼 볕이 따뜻하고 상큼한 바람이 부는 봄날이면
등나무 꽃이 피곤 했었지
우리집 등나무에는 흰색 꽃이 피었던 것 같기도 해
나중에 꽃그늘이라는 말을 알게 되었어
그렇지, 꽃그늘

연보라 꽃그늘 아래에서 허구한 날 낮잠을 잤지
친구들은 들로 산으로 뛰어다니고, 그때도 싫었어
뛰어다니고 치고받는 사내녀석들이란 다 그렇게 자란다는 과정이

등나무 이파리를 쓰다듬으며 소원이랄 것까지는 없지만 뭔가를 빌었어
엄마가 용돈 준다, 안 준다, 준다 안 준다 준다 안 준다……
돌아보니 그때도 참 싱거운 녀석이었나봐 ^(^

나는 이 동네가 무척 싫어
어릴 적 몇명 되지도 않던 친구들은 모두 어디론가 떠나버렸어
공부 못하던 코찔찔이 녀석은 동네 양아치가 되었구.
재미있데 ^(^ 건들대는 태가 아주 우스워.

오늘 날씨가 어렸을 적 그날과 꼭 같은 것 같아
꿈꾸듯 연보라 꽃그늘 아래에서 진동하던 등꽃향기에 취해
노닥거리던 그날처럼……

그래서겠지……
잊겠다며 돌아서던 그 사람 생각이 나네
만난 적도 없는데……

보탬 : 미안해, 벨소리가 잦아들어도 미련이 줄질 않아.
　　　 앞에서 거짓말했나봐

Cast Away

집채 같은 파도를 만났다고
모든 배가 침몰하는 것은 아니다.
희망의 끈을 놓아버렸을 때
비로소 배는 가라앉는다.

놓아버리지 않는다면
희망은
병 속에 담아 띄우는 구조 요청 편지이고
활활 지펴올리는 횃불이기도 하다.

Wait There

현자들은 말합니다.
당신이 받은 달란트를 개발하시오
그게 무엇인지 아직 잘 알 수는 없지만
제가 잘할 수 있는 일을 찾아야만 할 것 같았습니다.
그분들은 대단히 현명한 사람들이니 말입니다.

그게 무엇인지 구름 속을 해매이듯 했지만
발견하기 위하여 무언가를 하고 있다는 게 즐거웠습니다.
제가 받은 달란트

저를 속이고 싶지 않았습니다.
그게 바로 타인을 속이는 일도 아니라고 여겼나 봅니다.
솔직하라
현자들은 예외 없이 충고하기 때문이지요.

혹시 제가 부여받은 재능이란 게 있다면
부디 바라건데,
서로 멱살을 잡고 으르렁거리는 어깨의 움직임을 잠잠하게 하고
빨갛게 충혈된 눈동자와 무섭게 쿵쾅대는 심장의 박동소리를
조용하게 만들어주는 누군가의 바이올린 소리……

흘겨보는 매서운 눈초리를
슬그머니 눈꼬리에 잡힌 웃음주름으로 바꾸어주는
그런 것이었으면 합니다.
제게 혹시 재능이란 것이 있다면……

일상에 굳은 손가락으로 천상의 피아노를 연주하고
인스턴트로 무뎌진 혀끝으로 맛난 음식을 만들 수 없으니

Wait there……
제발 거기서 잠시 기다려줄 수 없나요.

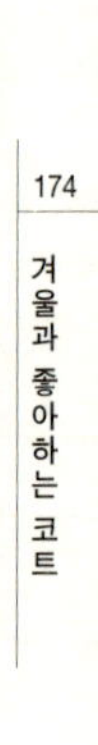

남자들의 세상

갑자기
여자의 바지가 흘러내린다면
다들 그녀의 불운을 안타까워합니다.
그녀의 딱한 처지를 동정하기도 하지요

그런데
그게 남자라면
세상에 둘도 없는 변태가 되고 맙니다.
동정의 여지는 물론 없고
회사에서 내쫓기거나 이혼을 당할 수도 있습니다.

남자들의 세상,
때로 허풍이라도 쳐야 하는
그런 가여운 인생이기도 합니다.

Past Memories

현재는 영원히 슬픈 것
마음은 언제나 미래에 사는 것

혹 불 같던 사랑의 추억이 꺼졌다고 모든 것이 끝난 거라고 절망하거나
비관하지는 마세요. 모닥불의 뜨거운 열기를 모래로 잠시만 덮어두고
숨을 골라보세요. 타오르기 위해 완전한 모습으로 변화한 숯이 남아 있
을 겁니다.

그렇게 당신이나 저는 순수한 의미의 사랑에 한발 더 다가설 수 있게 되
는 거예요. 손을 데일 것 같은 뜨거움에서도, 온몸을 뒤덮은 모래 속 같
은 절망 속에서도 조금씩 불순물을 걷어낼 수 있는 거예요.

그와의 혹은 그녀와의 사랑에 묻어 있을지 모르는 여러 가지 조건을
하나씩 걷어낼 수 있는 거지요. 아름다운 외모였거나 집안의 풍부한 재
력이었거나 학벌 같은 것에서 좀더 자유로워질 수 있는 것만으로도 충
분히 의미 있는 일이었다고 위로해 보세요.

앞으로는 모든 것이 다 잘될 테니까요.

혹시, 그러나 역시

혹 · 시 ·
누군가의 감정을 의심한다면
당신
역 · 시 ·
비슷한 사람일 터이다

디카와 엽서

128mb 메모리 칩에는
얼마나 많은 추억이 담길까?
한 장의 엽서에는
또 얼마만큼의 역사가 기록될까?

사랑해
그리고 고마워

네가 있어서 행복해……

이런 날도 있는 거야

사람이 어떻게 반듯하게만 살아
길을 걷다가
갑자기 콧구멍도 파보고 싶은 거지
지하철에서 때로
다리도 실컷 벌려서 앉아보고 싶은 거잖아.

정리된 들판처럼 반듯반듯한 게 물론 좋지.
하지만
호흡이 턱턱 막혀올 때도 있는 거라구.

보탬 : 왜 반말이냐구? 이런 날도 있다니깐 ^(^

어제 그리고 내일

어제보다 나은 내일을 바라는 것은
오직 오늘 때문이다

현재는 영원히 슬픈 것
마음은……

그래서
언제나 미래에 산다

겨울과 좋아하는 코트

겨드랑이를 파고드는 가벼운 바람이

저렇게 큰 쇳덩이가 공중을 날 거라고는 아무도 기대하지 않았어
날개 밑을 파고드는 가벼운 바람이 그걸 들어올렸지

보기 전에는 믿지 않았고
보고 나서도 의심했었지
모여서 수군거렸고
혼자서는 긴가민가 궁금했었어

내 나이 서른 둘에 털썩 주저앉아 버렸어
겨드랑이 밑을 파고드는 가벼운 바람이
날 간지럽히기 전까지는

이봐요,
결정된 것은 아무 것도 없어요
웃어요
웃어보세요.
우하하 ~~

그걸로 됐어

그다지 험난한 길은 아니었어.

그래도 힘들고 때로 눈물이 나려고 했었어.

아마도 동정이 필요했던 것은 아닐까……

누군가 곁에 있을 거라는 사실을 알고 있었던 거야.

무엇이든 할 수 있다고 몸에서 기운이 불끈거리던 스무 살 무렵에도

계산을 하고 있었던 거야.

이걸 건널 수 있을까? 가능이라는 판단이 들어야 비로소 움직였던 거야.

그리고 뭔가 어려운 일을 해낸 양 으쓱거렸지.

뒤에 있을 누군가를 늘 의식했던 거야, 스스로 자랑스러웠구.

저 멋진 젊은이를 보세요! 찬사가 듣고 싶었던 게지.

도저히 내가 따라갈 수 없는 누군가를 본다면

무모한 바보야! 비난했을지 몰라.

내가 하지 못하는 것을 그가 해낼까봐 두려웠던 거야.

그러면 스스로 현명하다고 믿을 수 있기 때문이었겠지.

이제 뭐가 두려워?

그렇다고 쓰러질 때까지 가겠노라고 하지는 마.

가려면 뒤도 돌아보지 말고 가든지……

현명해서 뭘 얻었는데?

당당히 말할 수 있으면 그걸로 됐어.

인생이 다 그런 거 아니야?

타협하지 않고 살아왔으면……

그걸로 됐어!

새

고개 들어 하늘을 보면 어느 구석엔가 전선이 지나가고 있었습니다.

덩치 큰 6학년 형에게 빼앗긴 딱지 생각에 훌쩍거리던 날이었습니다.
뭐가 그렇게 억울했는지 하늘만 보고 끅끅거렸습니다.
남자는 울면 안 된다고 누가 그랬기 때문이지요.
덩치 큰 6학년 어른이 싫었습니다.
그날 올려다본 하늘에 전선 따위는 없었습니다.

6학년 형보다 훨씬 더 커버린 오늘
유난히 햇빛이 좋은 현관문 옆 테라스에 누웠습니다.
이런 날에는……
하늘은 푸르고, 구름이 희기만 합니다.
전선만 보이지 않는다면……

어깨 어딘가에 있을 날개를 펴고, 서서히 날갯짓을 해봅니다.
세상 어디에도 자국을 남기지 않고, 바람을 타봅니다.
태초의 어딘가로 날아갑니다.

바람을 타고 모든 애착에서 벗어나
태초의 어딘가를 찾아갑니다.
어른도 남자도 아닌 태초의 어딘가로……
스스로 이유가 되어 봅니다.

순정한 감정

도무지 생사조차 기약하지 못하던
예전의 눈 덮인 시베리아 횡단길이라도

지금 대여섯 시간의 비행만으로
눈 덮인 우랄 산맥을 건널 수 있게 되었더라도

권태는 참을 수 없을 만큼
순정한 감정이다.
눈 덮인……

예나 지금이나……

각을 세우지 않는 까닭

누구나 사랑을 노래하고 인생을 정의하지만
철들 무렵이면 그게 전부가 아니라는 걸 누구나 안다
굳이 드러내지 않아도 복잡하고 까탈스러운 일이라는 걸 느낀다
그래서 기대어 말할 누군가가 필요하다
사르트르가 말하길
정도전에 의하면
하루키는 이렇게 말했어

나는 그게 싫을 뿐이다
그러니까 내가 하고 싶은 말은 ~~ 입니다
직접 얘기하고 싶은 것이다.
그것이 내 블로그에 세상 돌아가는 이야기가 없는 이유다.
어이없게도……
굳이 각을 세우지 않는 까닭은 대상이 없어서가 아니라
의미가 없거나 원치 않는 바여서.
루이제 린저가 쓰기를
마르크스가 말하길
그것으로 얼마나 많은 피를 흘렸고
얼마나 많은 불면의 밤을 지새웠는지……

나도 힘을 갖고 싶다
결국 원초적인 욕망의 다른 표현일 뿐,
결코 푸른 피는 없다. 이 지상에……

Enter

머지않아
~을 하다 동사의 영어를
Enter 라는 단어로 배우게 될 날이 올지도 모르겠다.

Enter 없이 살고 싶은 마음이 있다.

사는 일에서
그리고 사랑하는 일에서……

Enter
Enter
Enter
Enter
Enter
Enter

글은 얼마나 진실한가

우리 두 사람의 사랑은
걷잡을 수 없이 타오르던 인화성 물질이었고,
또 언젠가 분리되어야 할
우주왕복선의 연료통이었다.

나는 그렇게 비겁했다.

만약 우리가 헤어진다면
먼훗날
나는 이런 글을 쓰고 있겠지

글은 얼마나 진실한가, 과연!
역시⋯⋯

블로그

하루에 한번은 들리는 곳이 있습니다.
웬일인지
오늘은 유난히 많은 손님이 다녀가셨군요.
어인 까닭인지
어떤 분들인지
……
마음이 불편하지만은 않습니다.
외면당한다는 것은 결코 반갑지 않은 일이니까요

심중 한편에서는
외로움에 빠지지 않으려고
발버둥치는 제 모습이 안쓰럽기까지
합니다.

노트르담 성당 옆의 작은 건물

아름답고 장엄한 큰 성당 옆에 있었다면
누구도 관심 갖는 이가 없었을지 모릅니다.
지금 당신 옆에서 따뜻한 말 한마디 건네줄 사람이 없다고
낙담하는 한 영혼이 떨고 있을지 모릅니다.

또 압니까?
노트르담 성당 옆의 아주 작은 건물이 보물창고이듯
당신 옆의 아주 작은 사람이 인생에서 보물 같은 존재가 될지
꼭 살펴주세요

만약 만약에 그런 영혼이 보이지 않는다면
당신 스스로 빗장을 걸어잠군 겁니다

행운도 친구도
밖에서는 절대 열지 못하는 그런 문입니다.

한강대교에서

미끄럼 칠이 되어 있는 한강대교를
바락바락
기어올라갈 힘이 나에게 남아 있다면

그게 무엇이든
절망하기에는 아직 너무 이르다.

이제 나는
서른 다섯이기 때문이다.

희망은 비타민 D ~

고개를 숙이면 푸른 하늘이 보이지 않는다
움츠린 어깨 위로 결코
희망이 깃들지 않듯이

희망을 던져주는 사람이 없다면
고개라도 빳빳이 치켜들자 ~~
해바라기를 해야지

희망은 비타민 D ~
태양이 없다면 저절로 생겨나지 않는다

: 답답한 날의 체조

가끔 신문에서 이코노미클래스 증후군이라는 생소한 병으로 갑자기 누군가 죽었다는 우울한 기사를 보게 됩니다. 좁은 비행기 좌석에서 몸을 한참 동안 움직이지 않으면 혈액순환 장애가 일어나 사망하는 병이라는군요. 경제적으로 넉넉하다면 널찍한 비즈니스클래스나 일등석에 앉겠지만, 그게 어디 내 맘처럼 쉬운 일인가요. 사람에게도 독수리처럼 커다란 날개가 달려 있다면 이런 병은 아예 생기지도 않을텐데…… 안타깝습니다.

오늘은 이코노미클래스 증후군을 예방할 수 있는 체조 하나를 배워볼까 합니다. 이 체조는 평소에 거의 쓰지 않는 근육을 운동시키는 것이 특징입니다. 우선 예비동작부터 들어가겠습니다.

예비동작

1. 大자 모양으로 서서 어깨와 수평이 되도록 양팔을 힘껏 뻗습니다.

2. 위에서 아래로 양팔을 동시에 올렸다 내렸다 합니다.

3. 2번 동작을 빠르게 해봅니다.

4. 3번 동작을 좀더 빠르게 해봅니다.

본동작

무척 힘들지요? ^(^ 이제 본동작에 들어갑니다.

1. 이번에는 주먹을 가볍게 쥔 상태로 양팔을 최대한 구부립니다.

2. 이제 가슴 가까이에 있을 주먹을 겨드랑이 부근에 댑니다.

3. 주먹을 축으로 구부려진 양팔을 힘껏 위아래로 움직입니다. 예비동작에서처럼.

4. 이마에 땀이 날 때까지 같은 동작을 반복합니다.

몸을 움직일 수 있는 공간이 전혀 없어서 이코노미클래스 증후군에 걸리지는 않습니다. 옆 사람에게 방해가 될까봐 혹은 움직일 공간이 부족해서 하며 지레 단정을 짓고 몸을 전혀 움직이지 않기 때문입니다. 그러니까 이코노미클래스 증후군은 일종의 자신감 결핍증입니다.

무언가 옭죄어온다는 답답한 느낌이 들 때면 언제고 이 체조를 해보세요.

보탬 : 혹시 옆 사람이 뭐라 한다면, 밝고 명랑한 목소리로 분명하게 말하세요. sorry ~ ^(^

겨울과 좋아하는 코트

펴낸날 2004년 12월 24일 1판 1쇄
지은이 무슈 집센
그린이 손창은

펴낸이 김혜숙
펴낸곳 도서출판 참솔
등록번호 제8 - 244호
주소 121 - 718 서울시 마포구 공덕동 404 풍림빌딩 521호
대표전화 02 - 3273 - 6323
팩시밀리 02 - 3273 - 6329
이메일 charmsoul@charmsoul.com

ISBN 89-88430-41-7 03810
값 10,000 원